Die Hexen von Fairhollow High
Plötzlich magisch

Bibliografische Information der Deutschen Nationalbibliothek
Die Deutsche Nationalbibliothek verzeichnet diese Publikation in der Deutschen Nationalbibliografie; detaillierte bibliografische Daten sind im Internet über http://dnb.d-nb.de abrufbar.

MIX
Papier aus verantwortungsvollen Quellen
FSC® C083411
FSC
www.fsc.org

Originaltitel: *The Witches of Fairhollow High – The New Girl*
Die Originalausgabe ist 2016 im Verlag Egmont UK Ltd, London, erschienen.

Text: Ariana Chambers
Übersetzung: Doris Attwood
Cover: Grafisches Atelier arsEdition unter Verwendung von Illustrationen von Susana Diaz und von Bildmaterial von Shpak Anton, losw, Sonja illustration, Forest Foxy, Sloth Astronaut / Shutterstock.com
Innenillustrationen: Susana Diaz

ISBN 978-3-8458-2838-1

www.arsedition.de

ARIANA CHAMBERS

DIE HEXEN VON FAIRHOLLOW HIGH

PLÖTZLICH MAGISCH

arsEdition

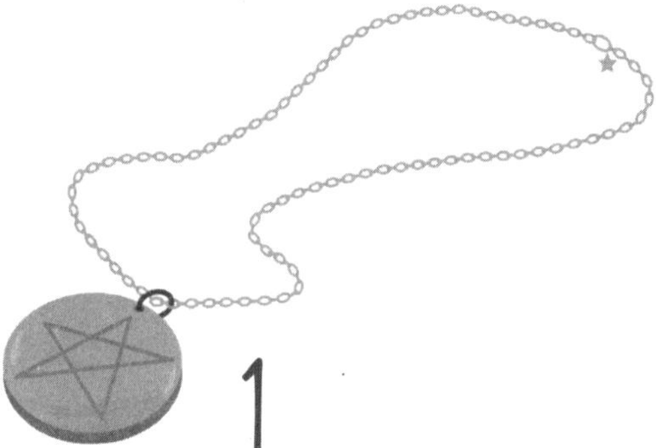

1

Eine meiner absoluten Lieblingswohlfühlfilmszenen überhaupt stammt aus dem Film *Winterferien.* Die Hauptfigur, Lola, fliegt in den Weihnachtsferien vom College nach Hause. Sie trottet total geknickt durch das Flughafenterminal, weil sie glaubt, dass ihr Freund Josh zu seinem Dad gefahren ist und sie ihn die ganzen Ferien über nicht sehen wird.

Aber als sie die Ankunftshalle betritt, wartet Josh doch auf sie, mit breitem und ein bisschen feuchtem Grinsen im Gesicht. Er hat ein kleines Pappschild in der Hand, auf dem ihr Name und *Ich liebe dich, Peanut* steht. »Peanut« – *Erdnuss!* – ist sein Kosename für sie, aber das ist eine vollkommen andere Geschichte.

Wie dem auch sei, als Lola Josh sieht, schwingt sie sich über die Absperrung und wirft sich in seine Arme. Jedes Mal, wenn meine beste Freundin Ellie und ich diese Szene sehen – selbst nach dem fünfhundertsten Mal noch –, müssen wir heulen. Jedes Mal, ohne Ausnahme.

Als ich die Ankunftshalle des Flughafens von Newbridge betrete und versuche, die Räder des Gepäckwagens gerade zu halten und zu verhindern, dass meine Gitarre von dem wackligen Kofferturm rutscht, kann ich nicht anders: Ich lasse den Blick hoffnungsvoll über die Reihe der Wartenden hinter der Absperrung schweifen, obwohl ich weiß, dass Tante Clara nicht hier sein kann, weil sie in ihrem Laden eine Lieferung entgegennehmen muss – und obwohl es sonst überhaupt niemanden gibt, der mich abholen könnte, weil ich

a) keinen Freund wie Josh habe,
b) keinen Freund habe, Punkt, und
c) außer Tante Clara hier niemanden kenne.

Trotzdem suchen meine Augen weiter nach einem Stück Pappe mit meinem Namen darauf. In der ganzen Halle hält allerdings überhaupt nur eine einzige Person ein Schild hoch: ein rundlicher Mann mit rotem Gesicht, der einen zu engen Anzug trägt. Auf seinem Schild steht MR BAILEY. Definitiv nicht Nessa Reid.

Ich seufze, schiebe den Gepäckwagen an der Menschenreihe vorbei und versuche, möglichst cool und gleichgültig auszusehen, so als wäre es mir völlig egal, dass man mich in diese dämliche Stadt mitten im Nirgendwo geschickt hat, *ohne Freunde*, wo mich noch nicht mal jemand vom Flughafen abholt.

Als meine Gitarre schon wieder beinahe vom Wagen rutscht, muss ich an meinen Dad denken und spüre ein wütendes Stechen in meinem Bauch. Die Gitarre war ein Abschiedsgeschenk von ihm – als könnte er damit wiedergutmachen, dass er mich hier alleinlässt und wegen seiner Arbeit nach Dubai geht, in den Nahen Osten. Na ja, ich schätze, so habe ich wenigstens etwas, um wütende Songs über miese Eltern zu schreiben.

Ich blicke mich in der Ankunftshalle um. Dad hatte mir erklärt, der Taxistand wäre gleich rechts von mir. Mir war allerdings nicht klar, dass er das absolut wörtlich gemeint hat. Der Flughafen ist so winzig, dass ich tatsächlich sehen kann, wie die Taxis auf der anderen Seite der Glaswand in einer Reihe warten.

Ich schiebe den Gepäckwagen in Richtung der Türen. Sie öffnen sich automatisch und mir schlägt ein kalter Windstoß entgegen. Als ich in London losgeflogen bin, war das Wetter freundlich und sonnig, aber hier in Schottland ist der Dezemberhimmel dumpf, schwer und weiß, wie eine dicke Schicht aus Watte.

Der Gepäckwagen rattert klappernd über die Pflastersteine, als ich ihn zum ersten Taxi in der Reihe hinüberschiebe. Ich krame in meiner Hosentasche nach dem Stück Papier mit Tante Claras Adresse drauf, das Dad mir mitgegeben hat. Mir ist so unbehaglich zumute, dass es in meinem Bauch ganz furchtbar grummelt.

»Ich möchte bitte zum Paper Soul in der Hauptstraße in Fairhollow«, teile ich dem Fahrer mit, als er aus dem Taxi steigt und den Kofferraum öffnet. Er hat kurzes silbergraues Haar und eine leicht platte Nase, so als hätte er sie sich irgendwann mal bei einem Boxkampf gebrochen.

»Paper was?«, fragt er und greift nach einem meiner Koffer.

»Paper Soul. Das ist ein Buchladen, mit Café.« Das ist das einzig Gute daran, dass Dad mich zu Tante Clara geschickt hat: Ich werde über einem Café und Buchladen wohnen – zwei meiner Lieblingsdinge in einem Gebäude. »Er ist neben der Drogerie«, füge ich hinzu und werfe einen erneuten Blick auf Dads Wegbeschreibung.

»Ah«, erwidert der Fahrer wissend, »*den* Laden meinst du.«

Er klingt nicht besonders beeindruckt. Ich setze mich auf die Rückbank des Taxis und versuche, mir nicht zu viele Gedanken darüber zu machen. Als ich den Zettel wieder in die Hosentasche stecke, streifen meine Finger das Medaillon meiner Mum und ich fühle mich sofort ein bisschen besser.

Meine Mum ist gestorben, als ich noch ganz klein war, kurz nachdem ich als Baby krank wurde und selbst ins Krankenhaus musste. Ich kann mich nicht mehr wirklich an sie erinnern und Dad spricht auch nicht viel über sie. Aber als ich letzte Nacht gepackt habe, hat er mir dieses Medaillon gegeben.

»Es hat ihr gehört, und sie hätte bestimmt gewollt, dass du es bekommst«, meinte er. Es ist wunderschön, klein und silbern, und auf der Vorderseite ist ein filigraner fünfzackiger Stern eingraviert. Es fühlt sich ganz wundervoll in meiner Hand an.

Das Taxi rollt vom Flughafengelände. Ich schließe die Augen und spiele *Schlimmer dran als Du*. Das Spiel habe ich mir während eines besonders trostlosen Tests in Naturwissenschaften ausgedacht, in dem es um das Periodensystem ging. Die Idee dahinter ist folgende: Wenn du dich wegen irgendetwas richtig gestresst fühlst, musst du dir einfach eine Situation ausdenken, die noch viel schlimmer wäre, dann kommt dir dein Problem sofort viel kleiner vor.

Ich stelle mir ein Mädchen vor, das genauso alt ist wie ich – dreizehn – und mitten in der Sahara gestrandet ist. Sie hat schon seit Tagen nichts getrunken und eine Herde schnaubender Kamele wird gleich in einer Stampede über sie hinweggaloppieren. Ich öffne die Augen wieder und schaue aus dem Fenster.

Wir fahren auf einer schmalen Landstraße, umgeben von kargen Stoppelfeldern. Die Gegend sieht zwar ziemlich öde aus, aber wenigstens gibt's hier keine panische Kamelherde, und eine Flasche Wasser habe ich auch in der Tasche. Ich hole sie heraus und trinke einen Schluck. Es gibt wirklich eine Menge Leute, die entschieden schlimmer dran sind als ich. Das hier ist wirklich nicht das Ende der Welt … es fühlt sich nur so an.

Irgendwann lassen wir die kurvenreiche Strecke hinter uns und biegen auf eine etwas breitere Straße ab. Wir sind noch immer von Feldern umgeben, aber hin und wieder fährt ein anderes Auto an uns vorbei, deshalb nehme ich an, dass wir uns Fairhollow allmählich nähern.

Ich presse das Gesicht gegen die kalte Fensterscheibe. Der Himmel verdunkelt sich von Weiß zu Grau, so als würde ihn jemand mit einem Bleistift schraffieren. Ich spüre, wie es in meinem Magen vor Aufregung flattert. Ich habe Tante Clara nicht mehr gesehen, seit sie Dad und mich das letzte Mal besucht hat. Damals war ich ungefähr sechs. Ich frage mich, ob sie sich wohl sehr verändert hat.

Ich krame eine Erinnerung an sie von jenem Tag hervor, die ich wie ein altes Foto in meinem Kopf abgeheftet habe. Sie steht im Garten hinter unserem Haus und starrt ins Leere, während ihr langes goldenes Haar im Wind weht. Ich glaube, sie und Dad hatten sich gerade gestritten. Ich kann mich noch daran erinnern, wie Dad ins Haus gestürmt ist und die Tür hinter sich zugeknallt hat.

Und ich kann mich noch daran erinnern, wie Tante Clara

mich in den Arm genommen hat, als sie wieder abgereist ist. Sie roch nach Rosenblättern. Hoffentlich wird es schön, bei Mums Schwester zu wohnen – und hoffentlich werde ich in der Zeit bei ihr mehr über Mum erfahren.

Die Straße schlängelt sich inzwischen einen ziemlich steilen Berg hinauf.

»Sind bald da«, verkündet der Fahrer und blickt mich im Rückspiegel an.

Ich nicke ihm zu. »Danke.«

Als wir endlich oben auf dem Hügel ankommen, gibt es tatsächlich etwas anderes zu sehen als endlose Felder. Tief unter uns erstreckt sich eine Stadt auf dem Grund eines riesigen Tals, das auf beiden Seiten von dicht bewaldeten Hügeln gesäumt ist.

»Kommst du aus Fairhollow?«, erkundigt sich der Fahrer, als die Straße wieder bergab führt und sich zwischen den Bäumen hindurchschlängelt.

Ich schüttle den Kopf. »Nein. Aber meine Mum ist … war von dort. Ich werde bei meiner Tante wohnen.«

»Interessantes Städtchen«, sagt der Fahrer.

Leider klingt es so, *wie* er es sagt, nicht unbedingt so, als sei das etwas Gutes.

»Was meinen Sie damit?«

»Das wirst du schon sehen.« Unsere Blicke treffen sich im Rückspiegel und das nervöse Rumoren in meiner Magengrube meldet sich erneut. Ich schaue wieder aus dem Fenster. Die Äste der Bäume breiten sich wie ein Dach über uns aus und filtern das blasse Winterlicht. Es wäre richtig hübsch hier, wenn die Sonne scheinen würde.

Schließlich tauchen wir wieder aus dem Wald auf und ich entdecke am Straßenrand ein Schild mit der Aufschrift *WILLKOMMEN IN FAIRHOLLOW*. Irgendjemand hat in Rot etwas daruntergekritzelt, aber es ist so klein, dass ich es nicht lesen kann.

Die Straße, auf der wir uns befinden, führt direkt zur Hauptstraße von Fairhollow. Wir rollen an einer Reihe großer, imposanter Häuser vorbei, die jedoch alle ein wenig verblasst und verwittert aussehen, mit abblätternder Farbe und schmutzigen Fenstern. Als der Fahrer an einer Kreuzung anhält und eine Gruppe von Kindern, alle ungefähr in meinem Alter, die Straße überquert, kribbelt meine Haut richtig vor Angst.

Morgen ist mein erster Tag in meiner neuen Schule. Ich muss wieder an meine beste Freundin Ellie denken und spüre ein bekümmertes Stechen. Ellie und ich gehen schon immer zusammen zur Schule. Ich kann mir überhaupt nicht vorstellen, ohne sie im Unterricht zu sitzen. Das alles hier fühlt sich einfach nicht richtig an.

Ich schaue den Kindern nach, die ein Café mit dem Namen Zimt & Zucker betreten. Sie lachen, albern herum und sind in ihre Gespräche vertieft. Dann schaltet die Ampel auf Grün und der Fahrer fährt weiter die Hauptstraße hinunter. Alles hier sieht unglaublich altmodisch aus. Ich kann noch nicht mal ein Anzeichen für irgendeinen Supermarkt entdecken.

Dann sehe ich plötzlich das Paper Soul, ganz am Ende der Straße. Es ist ein langes, schmales Gebäude, drei Stockwerke hoch. Das Ladenschild ist handgemalt: rote Buchstaben auf schwarzem Grund, mit einem silbernen Halbmond in der

Ecke. Der Fahrer kommt direkt vor dem Haus zum Stehen und ich kann ein paar Bücher in dem spärlich beleuchteten Schaufenster erkennen.

»Alles in Ordnung, Kleine?« Der Fahrer blickt mich über seine Schulter hinweg an.

Ich nicke, obwohl ich mich alles andere als in Ordnung fühle, als ich nach ihm aus dem Taxi steige. In meinem Kopf wimmelt es nur so von *Was, wenn.* Was, wenn Tante Clara und ich nicht miteinander auskommen? Was, wenn sie mich eigentlich gar nicht hier haben will? Was, wenn ich es hier hasse? Was, wenn ich keine neuen Freunde finde?

Der Fahrer lädt meine Koffer aus, und ich bezahle ihn mit einem Teil des Geldes, das Dad mir heute Morgen mitgegeben hat.

Ich warte, bis er wieder davongefahren ist, bevor ich die Ladentür öffne. Eine Glocke über mir klingelt so laut, dass ich richtig erschrecke.

»Hallo?«, sage ich nervös und trete ein.

Im Laden riecht es nach einer eigenartigen Mischung aus Räucherstäbchen und frisch gebackenem Brot. Meine Augen müssen sich erst an die Dunkelheit gewöhnen, trotzdem kann ich auf beiden Seiten neben mir hohe, mit Büchern gesäumte Nischen erkennen. Direkt vor mir steht ein separater Aufsteller. Ich lasse den Blick kurz über die Titel schweifen: *Geisterjagd für Anfänger, Spukschlösser, Gespenster und Phantome.* Ich runzle die Stirn.

Warum hat Tante Clara denn solche Bücher im Laden? Mein Dad sagt immer, man müsste all diesen übernatürlichen Kram eher als *überdämlichen* Kram bezeichnen.

Vielleicht hat Tante Clara die Bücher ja für eine Halloween-

Aktion geordert und sich nur noch nicht die Mühe gemacht, sie wieder wegzuräumen. Ich lasse den Blick auf der Suche nach einer Abteilung mit Jugendbüchern durch den Laden schweifen. Doch ganz egal, wo ich hinschaue, es scheint überall das Gleiche zu sein: *Astrologie, Spiritualität, New Age, Heilkräfte.* Ich spüre ein Stechen der Enttäuschung. In meiner Vorstellung war Tante Claras Laden gemütlich und hell, und es wimmelte darin nur so von anderen Teenagern, die sich über Bücher unterhielten. Das hier erinnert mich eher an eine uralte Bibliothek. Hoffentlich ist wenigstens das Café ein bisschen freundlicher.

Ich schleppe meine Koffer an zwei weiteren Büchernischen vorbei. Dahinter öffnet sich der Laden zum Cafébereich, der vollkommen menschenleer ist. An der hinteren Wand erstreckt sich die Theke, davor sind eine Handvoll runder Tische aufgestellt. In der Mitte jedes Tischs stehen dicke rote Kerzen, an denen seitlich Wachsspuren wie hervortretende Adern herunterlaufen.

»Tante Clara!«, rufe ich, diesmal ziemlich laut. Dieser Laden wird mir allmählich unheimlich.

Ich höre, wie im Hinterzimmer eine Tür zuknallt, gefolgt von trappelnden Schritten. Dann taucht Tante Clara im Türrahmen hinter der Theke auf.

Oder zumindest glaube ich, dass es Tante Clara ist – sie sieht ganz anders aus, als ich sie in Erinnerung habe. Ihr langes Haar ist zu einem kurzen Pagenkopf geschnitten, der ihre Schultern kaum noch streift und noch dazu feuerrot gefärbt ist. Sie trägt ein langes schwarzes Kleid, und der einzige Farbtupfer an ihr – abgesehen von ihren Haaren – ist der leuchtend türkisfarbene Anhänger, der an einer langen silbernen

Kette um ihren Hals hängt. Sie sieht mich an und schnappt erst mal nach Luft.

»Ich bin Nessa«, sage ich und mein Gesicht fängt sofort an zu glühen. Ich habe die ausgesprochen nervige Angewohnheit, knallrot anzulaufen, wenn ich nervös bin.

»Ja, ich weiß«, erwidert Tante Clara und starrt mich dabei immer noch an. »Du siehst so …«

Sie kommt hinter der Theke hervor und bleibt direkt vor mir stehen. Ihre eisblauen Augen sind mit schwarzem Eyeliner umrandet und stechen dadurch noch eindrucksvoller hervor. Sie streckt eine Hand aus und greift nach einer Locke meines Haars. Es ist wahrscheinlich zu lang – inzwischen reicht es mir fast bis zu den Ellenbogen. Dank des einzigen Fotos, das Dad mir von ihr gegeben hat, weiß ich, dass ich aussehe wie meine Mum. Ich spüre dasselbe nervöse Grummeln im Magen, das ich schon im Taxi gespürt habe, aber diesmal ist es viel stärker. So stark, dass mir die Knie ganz weich werden.

»Du siehst Celeste so unglaublich ähnlich«, flüstert Tante Clara, aber sie lächelt dabei nicht.

»Kann ich … Ist es okay, wenn ich mich setze?« Ich zeige auf einen der Tische.

»Natürlich. Klar. Tu das. Du musst ja furchtbar müde sein. Und hungrig. Hast du Hunger? Ich hole dir was zu essen.« Auch Tante Clara wirkt nervös. Zum ersten Mal wird mir bewusst, dass das Ganze auch für sie eine ziemlich große Sache ist. Sie ist nicht verheiratet und hat keine Kinder, und jetzt hat sie plötzlich eine Dreizehnjährige am Hals, die sie kaum kennt – und die noch dazu genauso aussieht wie ihre tote Schwester.

Obwohl ich keinen Hunger habe, nicke ich, weil ich sie nicht noch nervöser machen will. Sie huscht hinter die Theke und kommt mit einem Glas sehr orangem Orangensaft und einem Schoko-Brownie wieder zurück. Ich lächle erleichtert. Wenn es eine Sache gibt, durch die ich mich garantiert gleich wieder besser fühle, dann ist es ein Schoko-Brownie.

Ich nehme einen riesigen Bissen. *Igitt!* Ich muss all meine Willenskraft aufbringen, um ihn nicht sofort wieder auszuspucken. Er schmeckt einfach widerlich.

»Ah, du bist ganz offensichtlich nicht an Rote-Bete-Brownies gewöhnt«, bemerkt Tante Clara.

Ich starre sie verdutzt an. »Rote Bete?« *Wer mischt bitte Rote Bete in einen Brownie?!*

»Ja. Das ist ein veganes Rezept. Das hier ist ein veganes Café«, erklärt mir Tante Clara und deutet auf eine Schiefertafel an der Wand, auf der mit Kreide *Tagessuppe: Kürbiskern und Kartoffel* geschrieben steht.

Es gelingt mir, den Mundvoll Brownie hinunterzuschlucken, ohne zu würgen. Dann greife ich nach dem Orangensaft, um den fiesen Geschmack hinunterzuspülen – aber der ist sogar noch ekelhafter.

»Das ist Karottensaft«, sagt Tante Clara.

»Lecker«, lüge ich.

Tante Clara zieht die Augenbrauen hoch. »Mach dir keine Sorgen. Viele Leute hassen veganes Essen am Anfang. Aber ich verspreche dir, dass du dich ganz schnell daran gewöhnen wirst.«

Ich runzle die Stirn. Sie hat mich durchschaut.

Tante Clara schwankt unbehaglich von einem Fuß auf den anderen. An jedem ihrer Finger steckt ein Silberring, sogar an ihren Daumen. Mein Blick bleibt an dem Ring an ihrem kleinen Finger hängen: ein Katzenkopf mit Smaragdaugen.

»Wenn du dich erst mal an zuckerfreies Bio-Essen gewöhnt hast, willst du nie wieder etwas anderes«, versichert sie mir. »Es ist einfach so geschmacksintensiv.«

Ich beiße erneut von meinem Rote-Bete-Brownie ab und zwinge mich, den Bissen hinunterzuschlucken. Tante Clara schaut mich an, als wollte sie etwas sagen, bleibt jedoch stumm. Ich lächle sie an und mir tut dabei richtig das Gesicht weh.

Eins steht jedenfalls fest: Wenn ich hier wohnen will, ohne Tante Claras Gefühle zu verletzen, dann muss ich dringend an meinen Fähigkeiten als Lügnerin arbeiten.

2

Ich habe mal in einer Zeitschrift gelesen, dass der allererste Gedanke, den man morgens nach dem Aufwachen hat, der wichtigste Gedanke des Tages ist. Angeblich bestimmt dieser erste Gedanke die Stimmung für den ganzen Rest des Tages. Deshalb sollte man alles dafür tun, dass es ein froher Gedanke ist.

Mein allererster Gedanke, als ich am nächsten Morgen aufwache, ist: *Oh nein!* Dicht gefolgt von: *Ich bin immer noch in Fairhollow und muss hier zur Schule gehen!* Ich hoffe wirklich, dass der Autor dieses Artikels falschlag, sonst ist der heutige Tag schon jetzt dem Untergang geweiht.

Ich schalte die Nachttischlampe an und schnappe mir mein Handy. Ich habe zwei neue Nachrichten, eine von Dad und eine von Ellie. Ich lese Ellies zuerst, weil ich offiziell immer noch sauer auf Dad bin.

Wie hast du geschlafen? xxx

Ich tippe schnell eine Antwort.

Nicht gut. Mein Magen hat die ganze Zeit echt seltsame Geräusche gemacht. Keine Ahnung, ob das Hunger oder Angst war.
xoxo

Zum Abendessen gab es gestern etwas namens Quinoa. Es fühlte sich an, als würde man aufgeweichte Körner essen – noch schlimmer als der Rote-Bete-Brownie. Irgendwann habe ich zu Tante Clara gesagt, dass ich sehr müde bin, und bin schon um acht Uhr ins Bett gegangen.

An viel Schlaf war allerdings nicht zu denken. Ich habe bis nach Mitternacht mit Ellie gechattet und Gitarre gespielt. Mein neuer Song ist auch schon fast fertig: »Dad, Dad, You Make Me Mad.«

Ich klicke auf Dads Nachricht.

Ich vermisse Dich. lol x

LOL! Warum schreibt er LOL? Findet er es lustig, mich alleine hierher zu schicken?

Doch dann fällt mir wieder ein, dass Dad glaubt, LOL stünde für »lots of love«. Ich seufze tief und drücke auf Antworten.

Vermisse dich auch. xxx

Und das tue ich wirklich, auch wenn ich immer noch wütend auf ihn bin. Ich vermisse seine doofen Witze und wie sich Falten um seine Augen bilden, wenn er lächelt. Ich vermisse sein Essen – und wie!

Aber am meisten vermisse ich, dass er mir das Gefühl gibt,

in Sicherheit zu sein. Mein Handy piepst, als eine weitere Nachricht von ihm ankommt.

Vergiss nicht, das hier ist nicht für immer
– nur bis ich genügend Geld habe, damit
wir wieder auf die Beine kommen. lol x

Bohrende Schuldgefühle melden sich, weil ich die ganze Zeit so wütend auf ihn war. Wenn er den Job in Dubai nicht angenommen hätte, hätten wir unser Haus verloren.

Ich weiß. Mach dir keine Sorgen. Ich
komm schon klar. lol xxx

Ich kann nicht fassen, dass *ich* LOL jetzt schon genauso verwende wie er.

Mein Handy piepst sofort mit der nächsten Nachricht, aber diesmal ist sie von Ellie.

Wahrscheinlich der Hunger. Ich frage
mich, was sie dir wohl zum Frühstück
serviert!! xxxxx

Ich schreibe schnell zurück:

Ich hab so 'nen Verdacht, dass es kein
Speck ist. xoxo

Ich setze mich auf und blicke mich um. Mein Zimmer ist im Dachboden, mit schräger Decke auf beiden Seiten. Es sieht richtig altmodisch und gemütlich aus, bräuchte aber unbedingt ein Warnschild mit einem großen roten Kreuz darauf – und einem Bild von jemandem, der sich den Kopf reibt. Allein gestern Abend habe ich mir ungefähr zwanzig Mal den Kopf an der Decke gestoßen, als ich mich bettfertig gemacht habe!

Die Wände sind cremeweiß, genau wie der Teppich, die Bettwäsche und die Kommode. Dieses Zimmer braucht dringend ein bisschen Farbe. Ich muss unbedingt ein paar von meinen Fotos aufhängen, wenn ich später aus der Schule komme. *Schule.* Mein Herz fängt wieder wie wild an zu klopfen.

Alles wird gut, muntere ich mich selbst auf. Manchmal, wenn meine innere Stimme wie jetzt etwas Kluges oder Tröstliches sagt, tue ich so, als wäre es Mum, die mit mir spricht. Ich stelle mir vor, wie sie auf mich herunterschaut, während ihr langes blondes Haar über ihre Schultern fällt, genau wie bei Rapunzel. *Alles wird gut.*

Ich betrachte die Schuluniform, die auf einem Stuhl neben dem Fenster liegt. Die Schuluniform mit *Schottenkaro.* Wie kann alles gut werden, wenn ich Schottenkaro tragen muss?!

»Nessa, bist du wach?«, höre ich Tante Clara vom Treppenabsatz rufen. »Frühstück ist fertig.«

Das Frühstück besteht aus einem Glas grüner Farbe und einer Schüssel Hamsterstreu. Tante Clara nennt es allerdings »Grüner Smoothie« und »glutenfreies Müsli«.

Ich hebe das Glas an die Lippen und trinke einen winzigen Schluck. Der Saft schmeckt nach abgestandenem Tümpel – oder zumindest so, wie ich mir den Geschmack von einem abgestandenen Tümpel vorstelle. Ich zwinge mich trotzdem, es hinunterzuschlucken. Langsam bin ich darin richtig gut.

»Das ist ein Smoothie mit Spirulina«, erklärt Tante Clara und blickt mich über den Tisch hinweg an. Sie trägt immer noch ihren Morgenmantel und ihr Make-up-freies Gesicht glänzt vor Feuchtigkeitscreme. »An den Geschmack muss man sich definitiv erst gewöhnen.«

Ich hatte mir eigentlich eingebildet, mein Stirnrunzeln gut versteckt zu haben. Offensichtlich nicht.

»Und was ist Spirulina?«, frage ich, obwohl ich mir nicht sicher bin, dass ich es wirklich wissen will.

»Algenpulver«, antwortet Tante Clara mit einem Lächeln, als wäre es das Schönste auf der Welt, pulverisierte Algen zu trinken. »Das ist sehr gesund, aber am Anfang schmeckt es ein bisschen eigenartig.«

»Verstehe.« Am liebsten würde ich losheulen. Warum zwingt sie mich, Algenpulver zu trinken? Kein Wunder, dass gestern niemand in ihrem Café war, wenn bei ihr solches Zeug auf der Karte steht.

Tante Clara stellt ihr Glas ab und schaut mich besorgt an. »Geht's dir gut? Möchtest du vielleicht was anderes?«

Mein Magen rumort vor Nervosität und Angst, und einen Moment lang habe ich das Gefühl, ich würde in Ohnmacht fallen. Ich kralle mich am Tisch fest und versuche, tief Luft zu holen.

»Nein … ich … schon okay. Ich glaube, ich mache mich lieber für die Schule fertig.«

Ich hatte gehofft, keinen anderen Schülern zu begegnen, wenn ich mich möglichst früh zur Fairhollow High School aufmache, aber es sind bereits ein paar in Schottenkaros gehüllte Grüppchen unterwegs.

Ich halte den Kopf gesenkt, so als wäre ich mit einem Mal vollkommen fasziniert von den Gehwegplatten. Ich muss an Ellie denken, die unendlich weit weg in London ist, und spüre ein schmerzhaftes Stechen in der Magengegend. Ich krame in der Tasche meines Blazers nach Mums Medaillon und halte es fest umklammert. Ich wusste, dass es schwer sein würde, hierher zu ziehen. Ich habe allerdings nicht damit gerechnet, dass das Ganze so emotional für mich wird.

Ich atme die kalte Luft ganz tief ein und langsam wieder aus. Auch wenn ich natürlich weiß, dass Dad recht hat und übernatürlicher Kram überdämlich ist, hoffe ich insgeheim, dass Mum doch irgendwie bei mir ist, und folge tapfer weiter der Hauptstraße. Als ich den Eingang der Fairhollow High erreiche, muss ich zweimal hinschauen. Das Gebäude sieht eher aus wie ein Landsitz als eine Schule.

Es steht inmitten eines wunderschönen Anwesens, und die kurvige Straße, die hierher führt, ist von einer dichten Wand aus Bäumen gesäumt. Es gibt sogar eine Kapelle.

Ich bleibe einen Moment lang stehen, um den Anblick auf mich wirken zu lassen, bevor ich den Schildern zum Sekretariat folge.

Das Innere der Schule ist genauso altmodisch und elegant wie das Äußere: Die Wände sind mit Eichenholz verkleidet und die dunklen, polierten Fußböden glänzen wie Kastanien.

Ich steuere auf das Sekretariat zu und mein Herz klopft wie verrückt.

»Hi. Ich bin Nessa Reid«, stelle ich mich der Frau vor, die hinter dem Schreibtisch sitzt. Sie hat ihr hellgraues Haar zu einem Dutt zusammengesteckt und trägt eine Halbmondbrille mit goldenem Gestell. Sie starrt mich eine Sekunde lang über die Brille hinweg an, bevor ein Ausdruck der Erkenntnis über ihr Gesicht huscht.

»Ah ja! Die neue Schülerin. Clara Hamiltons Nichte.« Sie betrachtet mich von oben bis unten, als wollte sie abschätzen, was sie von mir halten soll. Dann lächelt sie. »Gut, in welcher Klasse haben wir dich denn untergebracht?« Sie blättert durch ein riesiges in Leder eingebundenes Buch, das vor ihr auf dem Schreibtisch liegt. »Ah ja. Mr Matthews, achte Klasse.«

Sie hat den Satz gerade ausgesprochen, als zwei Mädchen und ein Junge laut lachend durch die Tür poltern. Ich muss sie nur kurz ansehen und weiß sofort, dass sie zu den beliebten Schülern gehören.

Eins der Mädchen hat strohblondes Haar, das in weichen Wellen über seine Schultern fällt. Das andere hat superglattes braunes Haar. Es ist zu einem modischen Pferdeschwanz zusammengebunden. Die beiden sehen aus, als seien sie vom Laufsteg direkt hierher stolziert. Sie schaffen es sogar, ihre Kilts cool aussehen zu lassen.

Der Junge hat eins dieser Filmstargesichter, mit gemeißelten Wangenknochen und strahlend weißen Zähnen. Ich vermute, dass er der Freund von einem der beiden Mädchen ist – höchstwahrscheinlich von der Blonden. Das brünette Mädchen sieht viel zu hochnäsig aus, um einen festen

Freund zu haben. Sie erinnert mich an die böse Königin aus *Schneewittchen.*

Die drei blicken neugierig zu mir herüber, und ich tue so, als würde ich in meiner Tasche nach etwas suchen.

»Ah! Izzy, Vivien, Ben!«, ruft die Schulsekretärin ihnen zu. »Würdet ihr Nessa mit nach oben nehmen? Sie fängt heute in eurer Klasse an.«

Es folgt ein Moment der Stille. Alles, was ich hören kann, ist ein Pochen in meinem Kopf.

»Sicher«, antwortet das blonde Mädchen schließlich mit heller, klarer Stimme. Ich blicke von meiner Tasche auf. Sie starren mich allesamt an. Keiner von ihnen lächelt.

»Danke, Izzy«, trällert die Sekretärin, bevor sie sich wieder ihrer Arbeit zuwendet.

Ich trotte zu den dreien hinüber.

»Hi. Ich bin Nessa«, murmle ich.

»Ja, hab ich mitgekriegt«, erwidert das Mädchen mit den dunklen Haaren knapp. Das muss dann wohl Vivien sein.

Die drei gehen den Korridor hinunter. Ich zockele hinter ihnen her und spüre, wie ich dank einer Mischung aus Verlegenheit und Wut knallrot anlaufe. Sie könnten wenigstens versuchen, ein wenig Small Talk zu machen.

Als wir ein Treppenhaus am Ende des Korridors erreichen, schaut mich das blonde Mädchen, Izzy, über die Schulter hinweg an. Ich lächle ihr zu, aber sie wendet sich wieder ab. Ich spüre, wie plötzlich eine eiskalte Welle durch meinen Körper rauscht. Es ist ein wirklich seltsames Gefühl, so als würde ich innerlich zittern.

Ich folge den dreien zwei Treppen hinauf, vorbei an mehreren Türen und bis zum Ende eines weiteren Korridors. Sie sagen immer noch kein einziges Wort zu mir, sondern öffnen nur die Tür und gehen ins Klassenzimmer. Ich werfe einen raschen Blick auf das Schild an der Wand, um mich zu vergewissern, dass sie mich auch wirklich zum richtigen Lehrer gebracht haben. Auf dem Schild steht *Mr Matthews, 8. Klasse.*

Es ist noch so früh, dass erst eine Handvoll Schüler anwesend sind. Mr Matthews sitzt hinter seinem Schreibtisch und korrigiert Hefte. Er ist alt und klapperdürr, mit drahtigem weißem Haar, das in alle Richtungen absteht.

Ich stelle mich vor seinen Schreibtisch, aber er ist so in seine Tätigkeit versunken, dass er mich gar nicht bemerkt. Ich huste, aber er blickt immer noch nicht auf. Mein Gesicht beginnt zu glühen.

»Neue Schülerin, Sir«, ruft Ben plötzlich und Mr Matthews erschrickt richtig. Endlich schaut er mich an und runzelt die Stirn.

»Neue Schülerin?«

Ich nicke. »Ja, Sir. Nessa Reid.«

Mr Matthews' blassblaue Augen leuchten auf. »Natürlich! Clara Hamiltons Nichte.«

Er steht auf und wirft dabei prompt den Heftestapel um. »Willkommen, willkommen«, begrüßt er mich und versucht, den Stapel wieder aufzubauen. »Ich habe deine Mutter gekannt, Celeste. Ich habe sie unterrichtet, vor vielen Jahren. Du siehst ihr unglaublich ähnlich.« Sein Lächeln verblasst und er schüttelt den Kopf. »Ich war sehr traurig, als ich gehört habe … du weißt schon … dass sie gestorben ist.«

Ich nicke und wende den Blick ab.

»Gut, wir brauchen jemanden, der sich um dich kümmert,

bis du dich hier eingewöhnt hast«, fährt Mr Matthews fort. »Wir wollen schließlich nicht, dass du zum Mittagessen in die Turnhalle gehst, nicht wahr?« Er lacht herzhaft über seinen eigenen Witz und blickt sich im Klassenzimmer um.

Bitte, bitte, bitte, sag nicht Izzy, Ben oder Vivien, flehe ich stumm.

»Izzy!«, ruft Mr Matthews. »Könntest du dich in den nächsten Tagen ein bisschen um Nessa kümmern und ihr alles zeigen, damit sie sich hier willkommen fühlt?«

Zögernd drehe ich mich um und sehe Izzy an. Ich erwarte ein finsteres Funkeln, aber zu meiner Überraschung lächelt sie.

»Natürlich, Sir.« Izzy winkt mich zu sich. »Komm, setz dich neben mich, Nessa. Ich kümmere mich um dich.«

Ich höre, wie links neben mir jemand hustet. Es ist die Art von betontem Husten, mit der man etwas zu sagen versucht. Ich drehe mich um und sehe ein dunkelhäutiges Mädchen mit lockigem dunklem Haar, das über seinen Tisch gebeugt sitzt und das Gesicht hinter einem Buch versteckt.

Widerwillig hebe ich meine Tasche auf und trotte zu Izzy hinüber. Sie grinst mich immer noch an. Allerdings bin ich mir nicht sicher, ob mir das wirklich gefällt.

Aus irgendeinem Grund erinnert es mich an das Grinsen, mit dem der große böse Wolf Rotkäppchen angeschaut hat – kurz bevor er versucht hat, es mit Haut und Haaren zu verschlingen.

3

Ich verbringe den Vormittag mit Izzy, Vivien und Ben.

Das Ganze ist total seltsam und echt anstrengend. Izzy ist die ganze Zeit so hypernett zu mir, dass es mir schon richtig unheimlich ist. Egal, wohin wir gehen, die anderen Schüler starren uns entweder ehrfürchtig an oder kleben an uns, als seien wir megaberühmte Superstars.

Ich komme mir vor wie eine Sängerin, die über Nacht Weltruhm erlangt hat, nachdem sie ihre Songs jahrelang im Schlafzimmer in eine Haarbürste gesungen hat. Es fühlt sich alles ziemlich surreal an, wenn ich daran denke, wie unfreundlich die drei heute Morgen noch zu mir waren.

Ich hatte eigentlich damit gerechnet, dass sie mich nach der ersten Stunde, sobald Mr Matthews gegangen war, sofort wieder wie Luft behandeln würden. Aber das Gegenteil war der Fall. Izzy hat Vivien sogar gezwungen, neben Ben zu sitzen, damit ich den Platz neben ihr nehmen konnte. Und Vivien schien das noch nicht mal etwas auszumachen. Sie lächelte mich zwar nicht die ganze Zeit so übertrieben an wie Izzy, aber der finstere Blick, mit dem sie mich musterte, scheint einfach ihr Standardgesichtsausdruck zu sein.

Izzy wollte, dass ich mich zum Mittagessen mit ihnen in der Mensa treffe, aber als es klingelt, renne ich sofort auf die Toilette. Ich brauche ein bisschen Zeit für mich alleine, um alles zu verarbeiten, was an diesem Morgen passiert ist.

Ich schließe die Kabinentür ab, klappe den Klodeckel herunter und setze mich darauf. Ich hatte in der Schule nie viele Freunde und war ganz sicher nicht Teil der »coolen Gang«, deshalb weiß ich nicht, wie ich damit umgehen soll. Meine Freundschaft mit Ellie war immer genug für mich.

Ich ziehe das Handy aus der Blazertasche und bin froh, als ich eine neue Nachricht von ihr finde.

Wie läuft's? ICH VERMISSE DICH!!! xxx

Während ich die Nachricht lese, spüre ich wieder diesen bohrenden Schmerz, so als würde sich eine Faust in meinen Magen drücken. Ich gehe auf Antworten.

Ist total seltsam hier – anscheinend haben mich die Beliebten adoptiert, ich verstehe nur nicht, warum!! ICH VERMISSE DICH AUCH!!! xxxx

Die Toilettentür schwingt mit einem Knall auf und jemand betritt die Kabine neben mir. Ich stecke das Handy zurück in die Tasche. Auch wenn es ziemlich nervenaufreibend ist, den ganzen Morgen mit Izzy, Vivien und Ben abzuhängen, ist es vermutlich immer noch besser, als den ganzen Tag allein durch die Gegend zu ziehen. Ich schnappe mir meine Tasche und eile zum Mittagessen.

Obwohl die Mensa proppenvoll ist, kann ich Izzy leicht an ihren strohblonden Haaren erkennen. Sie sitzt mit Vivien und Ben an einem Tisch im hinteren Bereich, mit einer weiteren Mitschülerin aus unserer Klasse. Sie hat sehr kurzes Haar und eine riesige Brille.

Sie sieht echt nett und ziemlich schüchtern aus und ich fühle mich dadurch sofort besser. Ich bin mir sicher, dass ich mich ein bisschen entspanne, wenn ich mich mit ihr unterhalten kann. Aber als ich mich dem Tisch nähere, verspüre ich plötzlich ein völlig willkürliches Gefühl der Angst. Izzy lehnt sich ganz dicht zu dem Mädchen. Es sieht aus, als würde sie ihr etwas ins Ohr flüstern. Aber was immer sie auch sagt, es kann nicht besonders nett sein – das Mädchen wirkt plötzlich richtig verstört.

»Es sieht aus, als hätte deine Mum dir einfach eine Schüssel auf den Kopf gesetzt und drauflosgeschnippelt«, höre ich Vivien sagen, als ich gerade den Tisch erreiche.

»Konntest du dir keinen vernünftigen Haarschnitt leisten?«, fragt Izzy.

»Vielleicht sollte ich ihr mit dem Haarschneider von meinem Dad einfach alles abrasieren«, fügt Ben mit fiesem Grinsen hinzu. »Das könnte auch nicht schlimmer aussehen.«

Ich bleibe wie angewurzelt stehen. Ich will auf keinen Fall mehr neben den dreien sitzen, wenn sie andere so behandeln. Andererseits will ich das Mädchen auch nicht mit ihnen alleinlassen. Doch bevor ich mich entscheiden kann, was ich tun soll, entdeckt Izzy mich.

»Nessa! Komm, setz dich zu uns. Eve wollte sowieso gerade gehen. Stimmt's, Eve?« Sie dreht sich zu dem Mädchen um und starrt es eiskalt an.

Vor Eve steht ein voller Teller Spaghetti Bolognese, aber sie nickt nur und hebt das Tablett hoch.

»Alles okay?«, frage ich, als Eve an mir vorbeischlurft.

»Ja, alles bestens«, murmelt sie, ohne mich anzusehen.

»Komm, setz dich«, fordert Izzy mich erneut auf und lächelt mich an.

Widerwillig setze ich mich neben sie, schaue Eve aber weiter nach. Ich überlege, ihr nachzugehen, weiß jedoch nicht, was ich zu ihr sagen soll. Ich sehe zu, wie sie ihr Mittagessen in einen Mülleimer schabt, bevor sie die Mensa verlässt. Mir wird richtig übel.

»Hast du dir was zum Mittagessen mitgebracht oder holst du dir hier was?«, will Vivien wissen.

Mir rutscht das Herz in die Hose, als ich an die Plastikdose denke, die Tante Clara mir heute Morgen mitgegeben hat. Ich habe mich nicht getraut, sie zu fragen, was darin ist.

»Ich hab was dabei«, nuschle ich und hole die Dose aus meiner Tasche. Sie ist randvoll mit braunem Reis, Gemüse und seltsamen weißen Würfeln. Ich vermute, dass es sich dabei um Käse handeln könnte.

Als ich einen probiere, schmeckt er jedoch nach gar nichts und ist so zäh wie Gummi. Ich hebe den Blick und sehe, dass Izzy, Ben und Vivien mich anstarren. Mein Gesicht läuft feuerrot an.

»Was ist denn das weiße Zeug da?«, will Ben wissen und deutet mit einem Nicken auf mein Mittagessen. Ich frage mich, ob er mich jetzt genauso fies aufziehen wird wie Eve, und spüre bereits, wie Wut in mir hochkocht. Falls er es tut, beschließe ich, stopfe ich ihm dieses dämliche, undefinierbare Mittagessen mitten in sein selbstgefälliges Gesicht.

»Ich bin mir nicht sicher«, antworte ich und meine Wangen brennen noch heißer.

»Du weißt nicht, was du zum Mittagessen dabeihast?«, fragt Vivien.

»Nein«, antworte ich und erwidere ihr Starren.

»Ich glaube, das ist Tofu«, sagt Izzy und lächelt wieder. »Sieht köstlich aus.«

Ich schaue sie mit einer eigenartigen Mischung aus Dankbarkeit und Ungläubigkeit an.

»Danke«, murmle ich. »Das hat meine Tante gekocht. Sie ist Veganerin.«

Izzy nickt. »Deiner Tante gehört das vegane Café in der Stadt, stimmt's?«

»Ja. Das Paper Soul.«

Izzy lächelt einfach weiter, so als würde sie jemand für einen Grinsmarathon sponsern. »Ich war schon seit Ewigkeiten nicht mehr im Paper Soul. Wir müssen dort am Wochenende unbedingt mal zum Mittagessen hin, findet ihr nicht auch?«

Ben und Vivien nicken, scheinen aber nicht besonders scharf darauf zu sein.

Ich blicke zum nächsten Tisch hinüber. Das Mädchen mit dem dunklen lockigen Haar aus unserer Klasse starrt mich über sein Buch hinweg an. Als sich unsere Blicke begegnen, lächelt sie mir kurz zu, bevor sie wieder auf ihr Buch hinunterschaut.

Ich blicke mich um und sehe, dass auch noch eine Menge anderer Schüler zu uns herübergucken. Ich hole tief Luft und zwinge mich, einen weiteren Würfel des weißen Gummizeugs zu essen.

Als es zum Schulschluss klingelt, tut mein Mund richtig weh, weil ich mich den ganzen Tag zum Lächeln gezwungen habe. Außerdem bin ich am ganzen Körper vor Anspannung völlig steif. Ich muss hier raus.

Ich stopfe meine Bücher in die Tasche, blicke auf und sehe, dass mich das Mädchen mit den dunklen lockigen Haaren schon wieder anstarrt. Ihr Blick ist seltsam – sie sieht mich an, als ob sie mich kennt oder irgendetwas über mich weiß.

Ich schwinge mir schnell die Tasche über die Schulter und gehe zur Klassenzimmertür. Izzy ruft mir nach, aber ich tue so, als hätte ich sie nicht gehört. Ich brauche frische Luft und ein bisschen Zeit für mich alleine. Ich bin total erschöpft von den vielen neuen Eindrücken.

Während ich den Korridor entlangeile, höre ich, wie sich die anderen Klassenzimmertüren hinter mir öffnen und die Schüler herausströmen. Ich renne die Treppen hinunter und am Sekretariat vorbei. Erst als ich die Einfahrt draußen erreiche, kehrt meine innere Ruhe allmählich wieder zurück.

»Nessa! Warte!«

Mir schnürt sich die Kehle zusammen, als ich Izzys Stimme erkenne. Ich drehe mich um und sehe, wie sie mit Vivien und Ben hinter mir herrennt, um mich einzuholen. Was stimmt bloß nicht mit denen? Warum wollen sie unbedingt mit mir abhängen? Es ist doch offensichtlich, dass ich nicht zu ihnen passe – das Ganze widerspricht sämtlichen Naturgesetzen der schulischen Hackordnung.

»Warum bist du denn so schnell weggelaufen?«, fragt Izzy außer Atem, als sie zu mir aufschließt. Ihre blassen Wangen leuchten rosa und sie sieht dadurch noch mehr aus wie eine Porzellanpuppe.

»Ich weiß nicht«, nuschle ich.

»Willst du vielleicht noch mit zu mir kommen?«, lädt sie mich ein. »Wir wollten in den Pool springen.«

»Den Pool?«

Izzy nickt. »Ja. Keine Sorge: Er ist drinnen und beheizt.«

»Oh, na ja …« Ich krame in meinem Hirn verzweifelt nach einer Ausrede. »Ich … ich habe keinen Badeanzug.«

Izzy grinst. »Kein Problem. Du kannst dir einen von mir ausleihen.«

In mir kribbelt es nur so vor Verlegenheit. Es ist schon schlimm genug, den ganzen Tag mit neuen Leuten verbringen zu müssen, ohne dass sie mich halbnackt sehen. Außerdem sagt mir irgendetwas, dass Izzy zu den Mädchen gehört, die nur extrem knappe Bikinis besitzen.

»Komm schon, das wird lustig.« Izzy hakt sich bei mir unter.

Ich ziehe mich automatisch zurück. »Es tut mir echt leid, aber ich kann nicht. Ich muss … ich muss meiner Tante helfen, im Café.«

Izzy seufzt. Für einen Moment glaube ich, ich hätte es geschafft, aber dann fängt sie wieder an zu lächeln. »Wir könnten doch mit dir kommen und eine Weile im Café abhängen.«

Ich schaue die beiden anderen an und hoffe, dass sie ihr widersprechen. Aber selbst Ben nickt.

»Das könnt ihr nicht«, entgegne ich, viel zu energisch.

»Was meinst du damit, das können wir nicht?«, fragt Vivien eiskalt zurück.

»Heute ist nicht geöffnet«, stammle ich. »Ich helfe meiner Tante bei der Inventur.«

Izzy starrt mich einen Moment lang an, so als sei sie sich nicht sicher, ob sie mir glauben soll. »Wow, deine Augen«, sagt sie schließlich.

»Was ist damit?«

»Ich hätte schwören können, dass sie heute Morgen noch hellblau waren. Jetzt sind sie richtig dunkel.«

»Das ist nur das Licht«, erwidere ich. Ich habe das schon öfter über meine Augen gehört. Ich schätze, ihr Blauton ist einfach ein bisschen seltsam und sieht je nach Licht anders aus. »Wie dem auch sei, ich sollte jetzt lieber los.«

Izzy schaut mich noch einen Moment lang an und nickt dann. »Okay. Bis morgen.«

»Ja, bis morgen.« Ich ziehe mir die Kapuze meines Mantels über den Kopf und eile davon. Mein Herz rast im selben Rhythmus wie meine Schritte.

Kaum bin ich den Stars der Schule entkommen, geht es mir sofort besser.

Die eiskalte Luft fühlt sich nach den stickigen, überheizten Klassenzimmern wunderbar frisch an. Doch die Aussicht, direkt ins Paper Soul zurückzugehen und zu versuchen, eine Unterhaltung mit Tante Clara in Gang zu halten, ist trotzdem ein bisschen zu viel für mich.

Als ich die Kreuzung erreiche, biege ich deshalb nicht links auf die Hauptstraße ab, sondern gehe einfach meiner Nase nach weiter geradeaus.

Ich folge der Straße um eine Kurve und entdecke einen Fußweg, der in den Wald führt. Er wirkt wunderbar ruhig und friedlich und zieht mich an wie ein Magnet. Ich gehe zwischen den Bäumen hindurch und höre nur noch das Zwitschern der Vögel, die zu ihren nächtlichen Schlafplätzen flattern.

Nach all dem Geschrei und Lärm in der Schule ist es hier unglaublich friedlich. Ich atme ganz tief ein. Die Luft riecht nach einer herrlichen Mischung aus Holzrauch und feuchten Kiefern.

Ich folge dem Pfad den Hügel hinauf, bis ich eine mächtige alte Eiche erreiche. Ihre Wurzeln sind ganz knorrig und drängen durch den eisigen Boden herauf wie zwei riesige Arme. Ich kuschle mich in eine Nische zwischen ihnen und lehne mich gegen den dicken Stamm. Es fühlt sich an, als würde mich der Baum umarmen.

Langsam beginne ich, mich zu entspannen. Ich habe den ersten Tag in der Fairhollow High überlebt. Ich ziehe Mums Medaillon aus der Tasche und streiche mit den Fingern über den Stern.

Es ist ein seltsamer Gedanke, dass ich nun in derselben Stadt wohne, in der Mum aufgewachsen ist, auf dieselbe Schule gehe wie sie und sogar denselben Lehrer habe. Seltsam, aber schön.

Szenen aus meiner Fantasie laufen vor meinem inneren Auge ab: Mum, wie sie die Hauptstraße hinunterschlendert. Mum, wie sie zur Schule geht. Mum, wie sie an ihrem Platz sitzt und zuhört, während Mr Matthews die Anwesenheit in der Klasse prüft. Mum, wie sie in diesem Wald spazieren geht und hier spielt, vielleicht sogar in der Nähe dieses Baumes.

Ein warmes Glühen breitet sich in meinem Körper aus. Hoffentlich lerne ich sie durch den Umzug nach Fairhollow endlich besser kennen. Jedes Mal, wenn ich Dad bitte, mir von ihr zu erzählen, macht er komplett dicht und flüstert nur: »Ich kann nicht.« Inzwischen habe ich es aufgegeben, es weiter zu versuchen.

Aber jetzt wohne ich bei Tante Clara. Sie wird mir ganz sicher eine Menge erzählen können, wenn sie sich erst einmal daran gewöhnt hat, dass ich da bin. Ich rappele mich wieder auf und beschließe, zurück ins Paper Soul zu gehen und mein Glück zu versuchen.

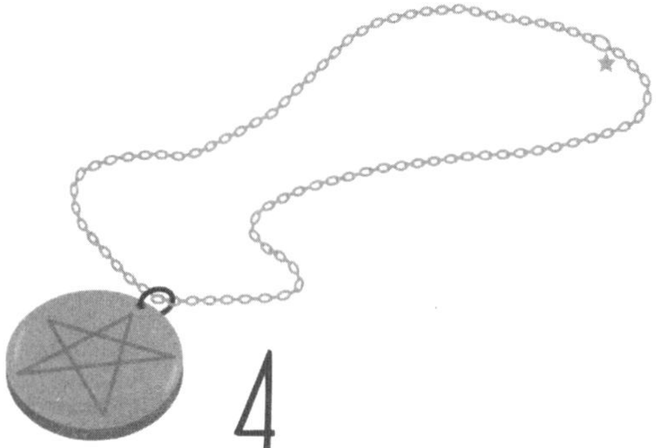

4

Am nächsten Morgen fühle ich mich auf dem Weg zur Schule schon viel besser als am ersten Tag.

Der gestrige Abend mit Tante Clara war ziemlich entspannt. Als ich sie gefragt habe, ob sie mir etwas über Mum erzählen kann, hat sie eine alte Pralinenschachtel voller Fotos von ihr und Mum als Kinder hervorgekramt. Wir haben ewig damit zugebracht, uns die alten Fotos anzuschauen, und Tante Clara hat mir zu jedem die passende Geschichte erzählt.

Eins der Bilder durfte ich sogar behalten. Es ist ein Foto von Mum, auf dem sie genauso alt ist wie ich jetzt. Es anzuschauen, ist fast ein bisschen unheimlich. Wir sehen uns so ähnlich, dass man uns für Zwillinge halten könnte.

Als ich durch das Schultor gehe, stelle ich mir vor, wie Tante Clara und Mum in meinem Alter die Einfahrt entlangschlendern. Ich sehe, wie Mum ihre Tasche hin- und herschwingt und Tante Clara an einer Karotte oder irgendeinem anderen Wurzelgemüse knabbert. Ein warmes, wohliges Glühen breitet sich in mir aus, das den ganzen Weg bis zu meinem Klassenzimmer anhält.

»Hey, Nessa!«, ruft Izzy mir zu, als ich durch die Tür trete.

Das Mädchen mit den dunklen Locken sitzt wieder über ein Buch gebeugt in der ersten Reihe. Sie blickt zu mir hoch und hebt die Augenbrauen. Ich fühle mich heute so entspannt, dass ich sie tatsächlich anlächle. Sie wirkt überrascht und lächelt flüchtig zurück, bevor sie sich wieder ihrer Lektüre widmet.

»Komm, setz dich hier hin«, ruft Izzy.

Eigentlich bin ich nicht besonders scharf darauf, schon wieder mit Izzy und den anderen abzuhängen. Aber ich schätze, es ist immer noch besser, bei den Beliebten beliebt zu sein, als sie gegen mich zu haben.

In der letzten Stunde vor der Mittagspause haben wir Geschichte. Auf dem Lehrplan steht Heinrich VIII. In meiner alten Schule haben wir dieses Kapitel bereits durchgenommen, deshalb ist es auch ziemlich langweilig für mich, bis die Lehrerin, Miss Maxwell, wissen will, ob noch jemand eine Frage hat. Das Mädchen mit den dunklen Locken, das im Unterricht bisher immer vollkommen still war, hebt die Hand.

»Ja, Holly?«, ruft Miss Maxwell sie auf.

»Warum müssen wir eigentlich so viel Zeit damit verbringen, alles über einen Frauen misshandelnden Psychopathen zu lernen?«, fragt Holly.

Izzy seufzt, aber ich kann ein Grinsen nicht unterdrücken. Ich habe auch nie kapiert, warum in der Schule so viel Aufhebens um Heinrich VIII. gemacht wird.

»Ich meine, es ist schließlich nicht so, dass es nicht haufenweise andere Leute – zum Beispiel haufenweise inspirierendere Frauen – gäbe, über die wir etwas lernen könnten«, fügt Holly hinzu.

»Halt die Klappe, du Idiotin«, grummelt Ben hinter mir. Am liebsten hätte ich mich zu ihm umgedreht und ihn böse angefunkelt.

»Da wären zum Beispiel Jeanne d'Arc oder Boudicca oder –«

»In Ordnung. Danke, Holly«, unterbricht Miss Maxwell sie mit strenger Stimme. »Hat sonst noch jemand eine Frage zu Heinrich VIII.?«

»Bei meiner Frage *ging* es um Heinrich VIII.«, entrüstet sich Holly.

Eve meldet sich. Aber es klingelt, bevor sie etwas sagen kann, und das Klassenzimmer wird vom Klappern der Stühle erfüllt.

Wir wollen gerade hinausgehen, als Miss Maxwell Izzy wegen ihrer Hausaufgaben zu sich ruft. Ich nutze die Gelegenheit, aus der Tür zu fliehen. Zufällig ist Holly direkt neben mir.

»Hi«, sagt sie.

»Hi«, erwidere ich.

»Und, wie gefällt es dir hier so?«

»Ganz okay.« Ich muss meinen ganzen Mut aufbringen, um ihr eine Antwort mit mehr als zwei Silben zu geben. »Ich fand gut, was du gerade im Unterricht gesagt hast. Ich weiß auch nicht, warum wir überhaupt was über ihn lernen müssen.«

Holly sieht mich an, als sei sie sich sicher, dass ich sie nur veralbern will. »Ehrlich?«

Ich nicke.

Sie grinst breit und ihre braunen Augen strahlen. »Wollen wir zusammen mittagessen?«

»Ja, gerne!« Ich bin so erleichtert, außer Izzy und ihrer

Gang endlich noch jemand anderen zu haben, mit dem ich mich unterhalten kann, dass ich meine Begeisterung kaum verbergen kann.

In der Mensa sichern Holly und ich uns zwei leere Plätze am Ende eines Tischs.

»Also, wie kommt's, dass du nach Fairhollow gezogen bist?«, will Holly wissen. Sie zieht eine Papiertüte aus ihrem Rucksack und stellt sie vor sich auf den Tisch. Ich beobachte neidisch, wie sie zwei riesige Wurstbrote herausholt.

»Ich wohne bei meiner Tante Clara, solange mein Dad in Dubai arbeitet.«

Holly beißt genüsslich in eins der Brote und ich fange praktisch an zu sabbern. Ich hole meine Plastikdose heraus. Vielleicht ist heute ja etwas Leckereres drin. Aber als ich sie öffne, erlischt auch der letzte Funken Hoffnung in mir. Sie ist voll mit kleinen, runden orangen Dingern und einer Tonne geschnippeltem Gemüse.

»Und wie lange ist dein Dad weg?«, fragt Holly weiter.

»Sein Vertrag läuft ein Jahr, aber er kommt in den Ferien und so nach Hause.« Ich nehme einen Mundvoll von den orangen Dingern. Sie schmecken so eigenartig, dass ich unwillkürlich das Gesicht verziehe.

»Was ist das?«, will Holly wissen, aber im Gegensatz zu Ben gestern scheint sie aufrichtig interessiert zu sein.

»Ich bin mir nicht sicher. Meine Tante ist Veganerin«, erkläre ich. Ich nehme noch einen Mundvoll, aber ich kann mich einfach nicht dazu zwingen, es zu mögen.

»Oh. Also, möchtest du vielleicht eins von meinen Wurstbroten?«

Normalerweise würde ich natürlich höflich ablehnen, wenn mir eine praktisch Fremde etwas von ihrem Mittagessen anbietet. Aber ich habe viel zu großen Hunger und das Wurstbrot sieht einfach zu köstlich aus.

»Ja, gerne. Wenn's dir nichts ausmacht.«

»Natürlich nicht.« Sie reicht mir das andere Brot. Ich nehme einen riesigen Bissen, während Holly neugierig auf mein Mittagessen schaut. »Darf ich dafür was von dir probieren?«

»Na klar!« Ich schiebe die Dose ein wenig zu begeistert zu ihr hinüber.

»Hey, das schmeckt richtig gut«, behauptet Holly, nachdem sie eine Gabel davon gekostet hat.

»Ernsthaft?« Ich glotze sie entgeistert an.

»Mhm. Oh, ich vermisse selbst gekochtes Essen wirklich.« Sie stößt einen dramatischen Seufzer aus. »Wollen wir einfach komplett tauschen?« Sie schiebt das zweite Wurstbrot zu mir herüber. Ich nicke und grapsche gierig danach. Diese Mittagspause könnte gar nicht besser laufen.

Aber dann sehe ich Izzy, Ben und Vivien in der Tür auftauchen. Izzy blickt sich suchend in der Mensa um. Sobald sie mich entdeckt, setzt sie ein Lächeln auf. Als sie jedoch Holly sieht, verzieht sich ihr Lächeln zu einem Stirnrunzeln. Sie stößt die anderen an und führt sie zu uns herüber.

»Nessa, was machst du denn da?«, fragt sie.

»Mittagessen.«

»Mit ihr?« Izzy funkelt Holly finster an.

»Ja.« Ich werfe Holly über den Tisch hinweg einen Blick zu. Plötzlich erfasst mich eine Welle der Übelkeit.

»Verstehe.« Mir schenkt Izzy wieder das übliche Lächeln. An dem eisigen Ausdruck in ihren Augen erkenne ich jedoch, dass sie es nicht ehrlich meint. Ein Schauer läuft mir über den Rücken.

»Kommt«, fordert sie die anderen auf. Sie ziehen ab und setzen sich an den Tisch neben unserem.

Ich sehe Holly entschuldigend an. Mir ist immer noch ganz flau im Magen. »Tut mir leid. Mr Matthews hat Izzy gesagt, dass sie sich um mich kümmern soll, und sie nimmt diese Aufgabe scheinbar ziemlich ernst.«

Holly stößt ein sarkastisches Schnauben aus. »Ja, so ist Izzy. Sie hat ein großes Herz.« Sie schiebt sich noch eine Gabel von Tante Claras Mittagessen in den Mund. »Und was ist mit deiner Mum? Wo ist sie?«

Ich senke den Blick Richtung Tisch. »Meine Mum ist … Sie ist gestorben.«

Holly lässt sofort die Gabel sinken. »Oh nein. Das tut mir so leid. Das wusste ich nicht.«

»Schon okay. Es ist schon sehr lange her.«

»Aber das muss doch trotzdem richtig hart für dich sein. Vor allem jetzt, wo dein Dad nicht da ist.«

Durch das Mitgefühl in Hollys Stimme fühle ich mich schon viel besser. Als ich gestern mit Izzy und den anderen zusammen war, haben sie mir den ganzen Tag über nicht eine einzige Frage über mich gestellt. Es ist einfach schön, Zeit mit jemandem zu verbringen, der sich wirklich für mich interessiert. Es ist fast so, als wäre ich wieder mit Ellie zusammen.

»Ja, schon ein bisschen. Aber ich habe ja Tante Clara.«

Holly blickt zu Izzys Tisch hinüber. Wieder melden sich

diese Übelkeit und das Gefühl der Angst in mir. Was ist bloß mit mir los? Seit ich in Fairhollow angekommen bin, scheine ich mich auf einer Art emotionaler Achterbahnfahrt zu befinden. Ich kann es gar nicht abwarten, dass sich hier endlich alles einpendelt und ich mich wieder normal fühle.

»Kann ich dich was fragen?« Holly sieht richtig ernst aus.

Ich nicke. »Na klar.«

»Was hast du für ein Gefühl bei Izzy und den anderen? Magst du sie? Willst du mit ihnen befreundet sein?« Sie mustert mein Gesicht, als würde sie nach irgendeinem Hinweis suchen.

»Nicht wirklich. Ich meine, ich bin dankbar, dass sie sich gestern um mich gekümmert haben. Aber ich glaube nicht, dass ich sie mir als Freunde aussuchen würde.«

Holly grinst so breit, dass in jedem ihrer Mundwinkel ein Grübchen erscheint. »Na ja, falls du jemand anderen suchst, mit dem du abhängen kannst, dann gibt's ja immer noch mich.« Sie schaut schüchtern auf die Plastikdose hinunter. »Ich meine, eigentlich ist es mir egal, ob du willst oder nicht, aber falls du willst …«

»Ich will. Danke.« Das warme Glühen in mir wird plötzlich von einem eiskalten Angstschauer verdrängt. Ich hebe den Blick und sehe, dass Izzy, Ben und Vivien wieder an unserem Tisch stehen.

»Komm jetzt, Nessa. Wir gehen zurück ins Klassenzimmer«, sagt Izzy.

Ich schaue Holly an. In meinem Magen rumort es heftig. Sie blickt stumm auf ihren Schoß hinunter.

»Schon okay, geht ihr ruhig schon vor. Ich komme später mit Holly nach«, erwidere ich.

Izzy lehnt sich zu mir herunter, so dicht, dass ich ihr Parfüm riechen kann. Es ist wirklich ungewöhnlich, irgendwie scharf und sehr intensiv.

»Wir müssen jetzt gehen«, fügt sie mit lauter, fester Stimme hinzu. »Ich verstehe sowieso nicht, warum du mit einer Irren wie der da abhängst. Du hättest auch mit uns mittagessen können.«

Ich blicke mit hämmerndem Herzen zu ihr hoch. Was glaubt sie eigentlich, wer sie ist, dass sie mir sagen kann, was ich tun soll? Das Schweigen an den Tischen ringsum ist beinahe greifbar. Alle warten darauf, wie ich reagieren werde.

»Ich habe Nein gesagt«, erwidere ich mit ebenso lauter, fester Stimme wie Izzy. »Ich komme nach oben, wenn ich mit dem Mittagessen fertig bin – mit Holly.«

Izzy starrt mich an.

Ich starre zurück. Ich brauche ihre Freundschaft nicht. Wer will schon mit so einem Kontrollfreak befreundet sein?

Izzy schnappt zischend nach Luft und ihre Wangen laufen leuchtend pink an. Stille breitet sich in der gesamten Mensa aus, während wir uns weiter schweigend anstarren. Schließlich wirft Izzy ihr Haar über die Schulter, dreht sich um und stolziert davon.

Ben und Vivien wieseln hinter ihr her.

5

Drei Gründe, warum es viel besser ist, im Unterricht neben Holly zu sitzen statt neben Izzy:

Sie ist wirklich interessant.

Sie scheint mich auch ehrlich interessant zu finden.

Sie ist *viel* lustiger.

Und hier ist ein Beispiel dafür, wie lustig sie ist: Wir waren vor dem Geografie-Unterricht als Erste im Klassenzimmer. Holly hat sich ans Pult des Lehrers geschlichen und heimlich die Spitze seines Whiteboard-Markers mit roter Tinte bemalt.

»Ich bin nicht zu allen Lehrern gemein«, hat sie mir zugeflüstert, als sie sich wieder neben mich gesetzt hat. »Nur zu den faschistischen Diktatoren. Und Mr Groddle ist definitiv ein faschistischer Diktator.«

Wie sich herausstellt, gehört Mr Groddle zu den Lehrern, die Kinder gerne bei jeder Gelegenheit quälen. Außerdem tippt er sich immer mit der Spitze seines Whiteboard-Markers ins Gesicht, während er auf die Antwort auf eine seiner Fragen wartet.

Am Ende der Stunde ist sein Gesicht deshalb von roten

Punkten und Strichen übersät, und ich kriege kaum noch Luft, weil ich so angestrengt versuche, mein Lachen zu unterdrücken.

Am Ende des Schultags bittet mich Mr Matthews zu sich und erkundigt sich, wie ich zurechtkomme. Holly wartet solange auf mich, als sei es das Natürlichste auf der Welt. Das macht mich so glücklich und dankbar, dass ich am liebsten einen Freudentanz aufgeführt hätte. Wir schlendern gemeinsam die Einfahrt hinunter, während federleichte Schneeflocken vom Himmel zu schweben beginnen.

»Ich liebe den Winter«, sagt Holly, legt den Kopf in den Nacken und streckt die Zunge heraus, um eine Schneeflocke zu fangen. »Er ist wunderschön *und* die Jahreszeit der heißen Schokolade.« Sie schaut mich hoffnungsvoll an. »Hast du vielleicht Lust, im Zimt & Zucker eine heiße Schokolade mit mir zu trinken? Wir könnten natürlich auch ins Café von deiner Tante gehen.«

Ich runzle die Stirn. »Ich glaube nicht, dass es bei ihr heiße Schokolade gibt.«

Holly starrt mich voller Entsetzen an.

»Es ist ein veganes Café. Veganer trinken keine Milch.«

»Oh, stimmt ja! Dann also ins Zimt & Zucker.« Sie kramt in ihrem mit Büchern vollgestopften Rucksack nach ihrem Handy. »Ich muss nur kurz Svetlana eine Nachricht schicken, damit sie weiß, dass ich ein bisschen später nach Hause komme.«

»Wer ist Svetlana?«

Hollys Stirn legt sich in Falten. »Sie ist mein Au-pair.« Ich sehe sie verdutzt an. Holly ist doch eigentlich schon viel zu alt für ein Au-pair.

»Meine Eltern arbeiten viel«, erklärt Holly, während sie die Nachricht tippt. »Sie sind Rechtsanwälte. Sie arbeiten für eine internationale Anwaltskanzlei, fliegen um die Welt und arbeiten gemeinsam an wichtigen Fällen. Svetlana wohnt bei uns zu Hause und kümmert sich um mich, während sie unterwegs sind – zumindest, wenn sie nicht gerade mit ihrer Familie in Russland skypt, sich wie eine Irre mit ihrem Freund streitet oder mit ihrer Laientheatertruppe probt.«

Holly sendet die Nachricht und steckt das Handy wieder zurück in den Rucksack. »Eigentlich sehe ich sie kaum, aber das ist mir auch ganz recht so.«

Es macht mich ein bisschen traurig, dass Holly so oft mit einem Au-pair alleine ist. Kein Wunder, dass sie so verständnisvoll war, als ich ihr von meinen Eltern erzählt habe.

»Vermisst du deine Eltern, wenn sie nicht da sind?«

Holly zuckt mit ihren schmalen Schultern. »Nicht wirklich. Ich bin daran gewöhnt. Außerdem sehe ich sie ja in den Weihnachtsferien, wenn wir zusammen in Urlaub fahren. Nur wir drei.«

Wir erreichen das Ende der Einfahrt und biegen auf die Straße ab.

»Aber fühlst du dich nicht manchmal einsam?«

»Nein!« Holly starrt mich an, als sei ich verrückt. »Warum sollte ich mich einsam fühlen, wenn ich meine Bücher habe? Sie sind immer da – und sie sagen mir nie, dass ich mein Zimmer aufräumen oder ins Bett gehen soll.«

Ich muss lachen. »Gutes Argument.«

Auf der anderen Straßenseite sehe ich den Eingang zu einem Park. Eine Gruppe von Schülern aus der Fairhollow High hat sich in einem kleinen Wäldchen versammelt. Im schwindenden Licht kann ich nicht erkennen, wer es ist, aber ich sehe, wie eins der Mädchen sich umdreht und auf uns zurennt.

»Nessa!«

Mir rutscht das Herz in die Hose, als ich Izzys Stimme erkenne. Die anderen eilen ihr hinterher.

»Nessa, was tust du denn?« Izzy funkelt Holly unverblümt an.

Ich runzle die Stirn. »Nach Hause gehen?«

»Aber warum gehst du mit *Holly* nach Hause?« Izzy spuckt Hollys Namen aus, als sei er giftig.

»Weil ich es will.«

Die anderen haben uns inzwischen ebenfalls erreicht und versammeln sich um uns. Vivien und Ben sind natürlich dabei, aber auch ein paar andere Schüler. Sie alle blicken Izzy wie gebannt an und warten darauf, was sie als Nächstes tun wird.

Doch es ist Vivian, die einen Schritt nach vorne macht.

»Holly ist ein Freak«, sagt sie laut und ein paar der Schüler fangen an zu kichern.

Izzy betrachtet die Szene mit eiskaltem Blick. »Warum willst du denn mit der abhängen?«

»Wen nennst du hier einen Freak?«, wehrt sich Holly und geht einen Schritt auf Vivian zu.

»Dich, du kleine Idiotin.« Vivian grinst gehässig und schubst Holly an der Schulter. Holly taumelt zurück.

Jetzt bin ich richtig wütend. So wütend, dass ich mich herausfordernd vor Vivien aufbaue. »Wag es ja nicht! Du bist so armselig – ihr alle.« Ich lasse den Blick über die anderen schweifen und schaue dann wieder Vivien und Izzy an. »Lasst uns ins Ruhe.«

Aus irgendeinem seltsamen Grund habe ich überhaupt keine Angst. Es ist fast, als hätte meine Wut ein Kraftfeld um mich entstehen lassen.

Izzys grüne Augen werden noch kälter. »Dann hast du deine Wahl also getroffen?«, fragt sie ruhig.

Ich starre sie an. Warum ist sie denn so melodramatisch? »Ja, ich habe meine Wahl getroffen.«

»Das wirst du definitiv noch bereuen«, faucht Izzy mich an.

»Das glaube ich kaum.«

Izzy verengt ihre Augen zu schmalen Schlitzen. »Oh doch, das wirst du.«

Ben lehnt sich ganz dicht zu ihr. »Was tust du denn da?«, höre ich ihn flüstern.

Izzy dreht sich wieder Richtung Park um. »Kommt, Leute, wir verschwinden.«

Ben schaut kurz mich an und dann wieder zu Izzy zurück. »Aber …«

»Nichts aber!«, zischt Izzy und stürmt davon.

Vivien folgt ihr beinahe automatisch. Ben betrachtet mich noch ein paar Sekunden lang eindringlich, bevor er ihr ebenfalls hinterherläuft.

Die anderen Schüler schauen allesamt ziemlich verwirrt drein. Ich vermute, sie sind nicht daran gewöhnt, dass ihre Anführerin ein paar Federn lassen muss.

Einer nach dem anderen folgen sie ihr zurück in den Park und verschwinden schließlich in der hereinbrechenden Dunkelheit.

Ich drehe mich zu Holly um.

»Alles okay?«

Sie nickt, wirkt jedoch ziemlich mitgenommen. Sie lehnt sich gegen eine Straßenlaterne. Plötzlich knallt es wahnsinnig laut, wie ein Donnerschlag, und die Glühbirne der Lampe brennt durch.

Ich schaue erschrocken an dem Laternenpfahl hinauf. »Wow! Wie ist das denn passiert?«

Holly sieht jetzt richtig verstört aus. »Ähm … wahrscheinlich war die Glühbirne einfach altersschwach.« Sie schnappt sich ihren Rucksack und stürmt die Hauptstraße hinunter.

»Was hat Izzy bloß für ein Problem?«, frage ich und muss richtig rennen, um Holly einzuholen. »Warum will sie immer alles bestimmen?«

Holly zuckt mit den Schultern und läuft weiter. »Keine Ahnung.«

»Ich kapiere einfach nicht, warum sie unbedingt will, dass ich mit ihr und den anderen abhänge. Hat sie denn nicht schon genug Fans? Ich meine, mal ernsthaft.«

Doch Holly erwidert nichts. Wahrscheinlich ist sie immer noch ein bisschen durcheinander.

Angst steigt in meiner Kehle auf. Ich schlucke sie hinunter. »Tut mir leid. Wie's aussieht, habe ich dir eine Menge Ärger eingebrockt.«

Holly bleibt abrupt stehen und schüttelt den Kopf. »Sei nicht albern. Das ist doch nicht deine Schuld. Es ist ihre. Ich mag dich wirklich.«

»Ehrlich?«

Sie schaut mich an und ihre dunkelbraunen Augen wirken todernst.

»Ja. Du hast Izzy armselig genannt. Das war genauso wie in *Der König von Narnia*, wenn Aslan sich gegen die Weiße Hexe behauptet. Du warst phä-no-me-nal!« Sie lächelt mich an und ich werde von einer Woge der Erleichterung erfasst.

Auch wenn mich die Sache mit Izzy eben ziemlich aus dem Gleichgewicht gebracht hat, war ich seit meiner Ankunft in Fairhollow noch nie so glücklich. Holly mag mich. Ich habe endlich eine echte Freundin gefunden.

6

»Vanessa, meine Liebste, wie geht es dir?!«, säuselt Ellie von meinem Laptopbildschirm in ihrer besten Parodie einer divenhaften Schauspielerin.

»Wundervoll, Eleanor, meine Liebe«, säusle ich zurück. »Fabelhaft, um genau zu sein.«

Es ist Samstagmorgen und wir skypen. Wir beginnen unsere Skype-Gespräche gerne als divenhafte Schauspielerinnen. Das bringt uns zum Lachen.

Ich versuche mir einzureden, es sei genauso, als säße Ellie hier mit mir im Zimmer, aber das ist es natürlich nicht. Ihr Gesicht auf meinem Computer zu sehen, kommt mir so vor, als würde sie von einem anderen Planeten hierher gebeamt.

»Na ja, mir geht's gut …«, füge ich mit meiner normalen Stimme hinzu. »Es wird auf jeden Fall besser.«

Und das stimmt ja auch. Abgesehen davon, dass mich Izzy und ihre Minions die ganze Zeit anglotzen, als hätte ich eine ansteckende tödliche Krankheit. Ich komme im Unterricht gut zurecht und Holly und ich verstehen uns immer besser. Allerdings bin ich mir nicht sicher, wie ich Ellie von Holly erzählen soll. Es fühlt sich ein bisschen komisch an, so als würde ich unsere Freundschaft dadurch verraten.

»Das ist toll.« Ellie lehnt sich auf ihrem Schreibtischstuhl zurück und lächelt.

Ich erhasche einen Blick auf ihr Zimmer. Auf die Lichterkette, die sie über das Kopfende ihres Bettes gespannt hat. Auf die weißen Regale an den Wänden, die mit Schnickschnack und DVDs vollgestopft sind. Auf die Klamotten, die aus ihrer Kommode quellen. Ich schaue mich in meinem eigenen Zimmer um. Alles um mich ist cremeweiß. Ich muss es dringend mit ein paar Kleinigkeiten aufpeppen.

»Du errätst nie, was gestern in Sport passiert ist«, fährt Ellie fort. Sie bringt mich in Sachen Londoner Neuigkeiten auf den aktuellen Stand und ich werde mit einem Mal ganz traurig. Es ist, als würde ich mein altes Leben betrachten, ohne länger daran teilnehmen zu können. »Und, was machst du am Wochenende?«

»Nicht viel. Ich wollte ein bisschen shoppen gehen.«

»Mit deiner Tante?«

»Nein.« Ich mache eine Pause. »Mit einem Mädchen aus der Schule. Holly.«

»Oh. Das ist ja nett.« Ellies Lächeln erstirbt.

»Ich wünschte, ich könnte mit dir shoppen gehen«, füge ich leise hinzu.

»Ich auch.«

Wir schauen einander an, und für einen Moment fühlt es sich gar nicht mehr an, als würden wir skypen. Es fühlt sich an, als würden wir uns direkt gegenübersitzen.

»Du wirst immer meine beste Freundin sein«, sage ich.

»Ja«, erwidert Ellie bestimmt. »Immer.«

Ich spüre eine Woge der Erleichterung.

»Stell dir doch nur mal vor, wie cool das wird, wenn wir uns endlich wiedersehen«, fügt Ellie mit einem Grinsen hinzu.

»Das wird fantastisch. Wir brauchen bestimmt eine ganze Woche, um alles zu bequatschen.«

»Wollen wir morgen noch mal skypen?«, fragt Ellie.

»Ja. Unbedingt.«

Wir verabschieden uns und ich mache mich für meinen Ausflug in die Stadt fertig. Weil ich mich nicht entscheiden kann, was ich anziehen soll, schaue ich aus dem Fenster, um mich inspirieren zu lassen. Der Himmel ist mal wieder kreideweiß, aber es scheint ein bisschen wärmer zu sein. Außerdem liegt auf den Dächern gegenüber nur eine dünne Puderzuckerschicht aus Schnee.

Ich schlüpfe in eine schwarze Jeans und einen dunkelgrauen Kapuzenpulli. Holly und ich haben verabredet, uns vor dem Zimt & Zucker zu treffen. Bei dem Gedanken daran wird mir vor Bammel plötzlich ganz flau im Magen. Ich weiß zwar, wie es ist, mit Holly in der Schule abzuhängen. Aber das hier ist das erste Mal, dass wir gemeinsam bummeln gehen.

Ich setze mich auf mein Bett und seufze tief. Ich kann es gar nicht erwarten, bis wir endlich all diese ersten Male hinter uns haben und ich mir deswegen keinen Stress mehr machen muss.

Unten im Café sitzt Tante Clara an einem der Tische und unterhält sich mit Danny. Danny hat hellrosa Haare und ein Einhorn-Tattoo und hilft samstags im Café aus.

»Ah, Nessa, wir haben gerade von dir gesprochen«, begrüßt mich Tante Clara.

»Ach ja?«

»Ja. Wir haben uns gefragt, ob du in der Vorweihnachtszeit vielleicht gerne einen Job hättest, um dir ein bisschen was dazuzuverdienen. Im Weihnachtstrubel könnten wir definitiv Unterstützung gebrauchen.«

Ich schaue mich in dem menschenleeren Laden um und versuche, nicht die Augenbrauen hochzuziehen. »Das wäre toll. Danke.« Ich komme hinter der Theke hervor.

»Und, was hast du heute Schönes vor?«, erkundigt sich Tante Clara.

»Ich gehe mit meiner Freundin aus der Schule ein bisschen bummeln. Ich möchte ein paar Sachen für mein Zimmer besorgen, damit es ein bisschen … heimeliger aussieht.«

Kaum habe ich den Satz zu Ende gesprochen, bedauere ich ihn auch schon. Ich hoffe, Tante Clara findet mich nicht unhöflich. Aber sie lächelt mich an, steht auf und gesellt sich zu mir an die Theke. »Wunderbar.« Sie holt etwas Geld aus ihrem Portemonnaie und reicht es mir. »Hier, für die Sachen für dein Zimmer.«

»Oh nein – Dad hat mir Geld mitgegeben.«

Tante Clara schüttelt energisch den Kopf und drückt mir die Scheine in die Hand. »Ich möchte, dass du es nimmst. Ich will schließlich, dass du dich hier zu Hause fühlst. Und ich freue mich sehr, dass du eine neue Freundin gefunden hast.« Sie hält meine Hand eine Sekunde lang fest und schaut mir direkt in die Augen. Ein Gefühl der Wärme strömt durch meinen Körper, bis hinunter zu den Zehenspitzen.

»Danke.«

Ich stecke das Geld in die Tasche und gehe zur Tür.

»Bis später«, rufe ich noch über meine Schulter zurück, bevor ich hinausgehe.

Als ich mich dem Zimt & Zucker nähere, sehe ich Holly an einem der Tische draußen sitzen, den Mantelkragen gegen die Kälte aufgestellt. Sie ist in ein Buch vertieft. Sie hebt den Blick und beginnt zu lächeln, als sie mich erkennt. Das warme Gefühl von vorhin, als Tante Clara mir das Geld gegeben hat, durchströmt mich erneut. Es besteht kein Zweifel daran, dass ich seit meinem Umzug nach Fairhollow wahnsinnig emotional geworden bin.

»Ness!«, ruft Holly und springt auf. »Es ist so schön, dich zu sehen.« Sie deutet in Richtung Hauptstraße. »Auch wenn das hier nicht unbedingt die Oxford Street in London ist, fürchte ich.«

Ich zucke mit den Schultern. »Das macht nichts. Ich hasse die Oxford Street. Die ist viel zu überfüllt.«

»Ha! Na, das Problem haben wir hier ganz sicher nicht.«

Ich folge Hollys Blick die Hauptstraße hinauf. Die einzigen Menschen in Sichtweite sind ein älteres Pärchen, das gerade aus einer Metzgerei kommt, und eine Mutter mit Kinderwagen.

»Ich brauche ein paar Sachen für mein Zimmer«, teile ich Holly mit. »Ein paar Kleinigkeiten, damit es ein bisschen freundlicher wirkt, heimeliger. Ein paar Kissen, vielleicht?«

Holly legt grübelnd die Stirn in Falten, aber dann beginnen ihre Augen zu leuchten. »Am besten gehen wir ins Home & Glory«, schlägt sie vor und schwingt sich ihren Rucksack über die Schulter. »Komm, das wird dir gefallen.«

Das Home & Glory liegt versteckt in einer Seitenstraße, zwischen einem Blumenladen und einem Bestattungsunternehmen. Das Haus hat drei Etagen, genau wie das Paper Soul. Hier erstreckt sich der Laden jedoch über alle drei Stockwerke, mit kleinen Nischen und Erkern, die mit kuriosem Einrichtungskram vollgestopft sind. Am Ende entscheide ich mich für eine Tagesdecke in einem dunklen Pflaumenton, ein paar silberne Seidenkissen und eine Lichterkette mit Halbmonden. Außerdem kaufe ich heimlich ein Set Buchstützen für Holly, die aussehen wie Elefanten, weil mich das untrügliche Gefühl beschleicht, dass sie sie gerne hätte.

Als wir wieder draußen sind, überreiche ich sie ihr.

»Als kleines Dankeschön«, sage ich und bin mit einem Mal ganz verlegen.

»Wofür denn?«, fragt Holly und ihre braunen Augen weiten sich überrascht.

»Dafür, dass du meine Freundin bist.«

Holly reißt das Seidenpapier auf wie ein kleines Kind, das ein Weihnachtsgeschenk auspackt. »Oh mein Gott! Die *liebe* ich. Ich wollte sie mir selbst kaufen, aber ich habe mein komplettes Taschengeld schon ausgegeben. Vielen Dank!« Ihre Augen glänzen wie vor Tränen. »Aber du musst mir doch nichts schenken«, fügt sie leise hinzu. Dann grinst sie. »Ich meine, wer wollte schließlich nicht mit jemandem befreundet sein, der in einem Buchladen wohnt? Bitte, bitte, bitte, können wir da als Nächstes hingehen?«

Ich lache. »Na klar. Aber ich muss dich warnen: Er gefallt dir vielleicht nicht. Er ist nicht unbedingt wie andere Buchläden.«

Holly runzelt die Stirn. »Ich habe vor einer Weile schon mal einen Blick reingeworfen. Es sind doch Bücher drin, oder?«

»Ja.«

»Dann gefällt er mir auch.«

Wir gehen die Hauptstraße wieder zurück, lachend und scherzend. Als wir das Paper Soul erreichen, empfinde ich plötzlich spontane Sympathie für den Laden. Und zu meiner großen Überraschung sind inzwischen tatsächlich ein paar Kunden aufgetaucht und stöbern in den Regalen.

»Oh, das ist so cool«, quietscht Holly und blickt sich um. »Er ist genau so, wie ein Buchladen sein sollte.«

Ich starre sie überrascht an. »Wirklich?«

Holly nickt. »Ja. Ich finde die Einrichtung toll, mit den Lesesesseln in den Ecken. Man merkt sofort, dass er einer echten Bücherfreundin gehört.«

Tante Clara taucht aus einem der Erker auf, einen Stapel Bücher auf dem Arm.

»Nessa«, ruft sie mit strahlendem Lächeln, als sie mich sieht. »Hast du was gefunden? Oh!« Als sie Holly entdeckt, erstirbt ihr Lächeln schlagartig.

»Das ist meine neue Freundin aus der Schule – Holly«, sage ich.

Holly grinst Tante Clara an. »Hi. Ich liebe Ihren Laden.»

»Ja. Also …« Tante Clara steht wie erstarrt da und guckt immer wieder zwischen mir und Holly hin und her.

»Ist es okay, wenn Holly ein bisschen mit auf mein Zimmer kommt?«, frage ich.

Tante Clara runzelt die Stirn. »Nein, tut mir leid, Nessa. Ich … äh … ich brauche deine Hilfe.«

»Womit denn?« Warum benimmt sie sich denn so eigenartig?

Tante Clara senkt den Blick Richtung Fußboden. »Weißt du nicht mehr? Ich habe dich doch heute Morgen gefragt, ob du im Laden aushelfen kannst.«

»Ja, aber ich dachte, du hättest gesagt, ich soll erst nächste Woche anfangen.« Ich schaue sie verwundert an.

»Ich könnte auch helfen«, bietet Holly eifrig an. »Vor allem, falls es was mit Büchern zu tun hat. Bücher sind meine Spezialität«, fügt sie mit einem Grinsen hinzu.

»Danke, aber ich fürchte, ich brauche nur Nessa.« Tante Claras Reaktion ist so schroff, dass ich sie schockiert anstarre. Ich habe keine Ahnung, was hier los ist. Das nervöse Kribbeln in meinem Magen, das mich am Anfang der Woche so häufig begleitet hat, kehrt auf sehr unwillkommene Weise wieder zurück.

»Vielleicht kannst du ja später bei mir vorbeikommen?«, schlägt Holly vor.

»Das wird nicht möglich sein«, erwidert Tante Clara, bevor ich auch nur ein Wort sagen kann. »Wir haben wirklich viel zu tun.« Dann wendet sie sich ab und eilt ins Café davon.

»Das tut mir so leid«, sage ich zu Holly und fühle mich jetzt wirklich elend. Warum ist Tante Clara nur so unhöflich? Das ist wirklich peinlich.

Holly seufzt. »Schon okay. Ich schätze, wir sehen uns dann am Montag in der Schule.«

Ich nicke stumm, den Tränen nahe.

Als Holly gegangen ist, verwandelt sich meine Traurigkeit umgehend in Wut. Warum versucht Tante Clara, die einzige Freundschaft zu zerstören, die ich hier habe? Weiß sie denn nicht, wie schwer es ist, neue Freunde zu finden?

Ich stürme ins Café. Danny ist an der Theke mit einem

Gast beschäftigt. Ich rausche an ihr vorbei und in die Küche dahinter. Tante Clara steht gegen die Arbeitsplatte gelehnt, das Gesicht in den Händen vergraben.

»Warum warst du denn so unhöflich zu Holly?«, frage ich unwirsch. Aber ich habe die Worte kaum ausgesprochen, da wird meine Wut von einer so starken Welle der Angst verdrängt, dass sich in meinem Kopf alles zu drehen beginnt. Was ist bloß mit mir los?

Ich kralle mich am Tisch fest und hole tief Luft. »Sie ist wirklich nett und dank ihr fühle ich mich hier schon viel wohler.«

Tante Clara murmelt irgendetwas.

»Was?«

»Es ist nicht wegen Holly. Es ist nur, weil wir hier so viel zu tun haben.« Sie blickt sich in der Küche um, als würde sie nach einer Ausrede suchen. »Ich habe beschlossen, dieses Wochenende auch am Sonntag zu öffnen … wegen der Weihnachtseinkäufe … Ich brauche deine Hilfe. Wir müssen noch ein paar Kuchen backen.« Sie macht so viele Pausen, dass ich mir sicher bin, dass sie sich das alles erst beim Sprechen ausdenkt. Was geht hier nur vor?

Letzten Endes dauert es nur zwei Stunden, die zusätzlichen Kuchen zu backen – zwei Stunden lang Rote Bete reiben, Mehl sieben und unbehagliches Schweigen ertragen. Als wir fertig sind, hätte ich eindeutig noch genügend Zeit, um bei Holly vorbeizuschauen. Doch die ganze Sache ist mir immer noch viel zu peinlich und außerdem habe ich dröhnende Kopfschmerzen.

Deshalb gehe ich stattdessen nach oben auf mein Zimmer und verschönere es mit meinen Einkäufen aus dem Home &

Glory. Normalerweise mache ich so etwas richtig gern. Dad bezeichnet mich immer als Deko-Fee, weil ich überall im Haus Kerzen anzünde oder Kissen aufschüttle und versuche, es ein bisschen wohnlicher zu gestalten.

Aber heute kommt mir alles irgendwie verkehrt vor. Ich kann mich nicht entscheiden, wie ich die Kissen arrangieren soll, und habe keine Ahnung, wo ich die Lichterkette am besten aufhänge. Irgendwann gebe ich auf, lege mich aufs Bett und starre aus dem Fenster hinaus, bis es im Zimmer dunkel ist und Tante Clara mich zum Abendessen ruft.

Als ich nach unten komme, sitzt sie am Esstisch und wartet auf mich. Sie hat sich umgezogen – sie trägt jetzt ein langes burgunderrotes Strickkleid – und sich abgeschminkt. Ohne den ganzen schwarzen Eyeliner sieht sie viel sanfter aus.

Ich setze mich ihr gegenüber und spüre einen Funken Hoffnung in mir aufkeimen. Vielleicht versteht sie mich jetzt ja besser.

»Wäre es okay, wenn ich Holly morgen zu mir einlade?«, frage ich, während ich meine Papierserviette auf meinem Schoß ausbreite.

Tante Claras Miene verfinstert sich sofort. »Oh nein, ich glaube nicht.« Sie nimmt den Deckel von einem großen Topf in der Mitte des Tisches. Dampf steigt zur Decke empor.

»Warum denn nicht?«

Tante Clara häuft Pasta und Gemüse auf meinen Teller. »Ich hab's dir doch gesagt: Ich habe im Laden wirklich viel zu tun.«

»Aber wir stören dich doch überhaupt nicht. Wir bleiben die ganze Zeit in meinem Zimmer.«

Tante Clara schüttelt energisch den Kopf.

»Oder ich könnte mich wieder mit ihr in der Stadt treffen, wenn du uns hier nicht haben willst.«

»Es geht nicht darum, dass ich euch hier nicht haben will«, erwidert Tante Clara hastig. »Es geht um sie ... Sie ist ...«

»Sie ist was?«

»Sie bedeutet Ärger«, beendet Tante Clara ihren Satz leise und weigert sich, mir in die Augen zu schauen.

Ich starre sie nur an, während sie zu essen beginnt. »Was meinst du damit, sie bedeutet Ärger?«

»Sie ist Holly Thornton, richtig?«

»Ja.«

»Ich habe schlimme Sachen über sie gehört. Sie macht in der Schule andauernd Schwierigkeiten.«

»Nein, macht sie nicht! Und überhaupt, ich mag sie!«

Tante Clara legt ihre Gabel ab und lächelt mich angespannt an. »Du wirst jemand anderen finden, den du magst. Du bist schließlich erst seit einer Woche hier.«

»Erinnere mich nicht *daran.*« Der Kummer stürzt über mich herein, als sei irgendwo ein Damm gebrochen. Ich stehe mit wackligen Beinen von meinem Stuhl auf und fange an zu weinen. »Ich gehe ins Bett.«

»Es tut mir leid, Nessa, aber ich weiß, dass es das Beste für dich ist. Ich will nicht, dass du Zeit mit diesem Mädchen verbringst.«

Ich renne die Treppe hinauf und Tränen brennen in meinen Augen. Im Zimmer werfe ich mich aufs Bett und drücke eins meiner neuen Kissen ganz fest an mich. Ich horche nach Tante Claras Schritten, die mir nach oben folgen. Ich will, dass sie hereinplatzt, sich dafür entschuldigt, dass sie so eine blöde Kuh war, und mir sagt, dass ich natürlich mit Holly befreundet sein darf. Aber alles, was ich höre, ist ein Scheppern von unten, als sie das Geschirr abräumt.

Dann kommt mir plötzlich ein Gedanke, bei dem mir richtig übel wird. Vielleicht will Tante Clara mich hier ja gar nicht haben. Vielleicht ist sie deswegen so gemein.

Ich setze mich kerzengerade auf. Jetzt bin ich nicht mehr traurig, ich bin richtig wütend. Wütend auf Tante Clara, weil sie so schrecklich zu Holly war. Wütend auf Izzy und ihre blöden Freunde. Und wütend auf Dad, weil er mich hier ganz allein gelassen hat. Selbst wenn wir unser Zuhause verloren hätten, wäre ich wenigstens noch bei ihm gewesen. Ich wäre immer noch in London und bei Ellie. Ich hole mein Handy aus der Tasche und schicke ihr schnell eine Nachricht.

Hast du Zeit zu chatten? xoxo

Sie schreibt sofort zurück:

Tut mir leid, bin gerade mit Helen im Kino.
Kann ich dich morgen anrufen? Ich hoffe,
dir geht's gut? xxxxx.

Ich stelle mir vor, wie sich Ellies neue Freundin Helen wie eine Diebin in mein altes Leben schleicht. Es fühlt sich an, als würde mir jemand das Herz herausreißen.

Mir geht's gut. Viel Spaß im Kino! xoxo

Ich blicke mich im Zimmer um. Die Tatsache, dass ich es nur als *das* Zimmer und nicht als *mein* Zimmer betrachte, treibt mir erneut die Tränen in die Augen. Ich starre auf die kahlen Wände, die fade Kommode und den dämlichen cremeweißen Teppich, während mir die Tränen über die Wangen strömen. Dann fällt mein Blick auf die Gitarre, die an meinem Bett lehnt.

Ich greife danach und beginne, ein paar wütende Akkorde zu schrammeln. Wie immer dauert es nicht lange, bis ich so vertieft in die Musik bin, dass ich eine Melodie spiele. Es lauert schon die ganze Woche eine in meinem Hinterkopf. Jetzt fügen sich die fehlenden Noten endlich wie Puzzleteile zusammen und alles passt perfekt.

Ich summe laut mit und gewinne langsam die Fassung wieder. Mit jedem Akkord, den ich spiele, fühle ich mich entschlossener. Es ist mir egal, was Tante Clara sagt. Ich mag Holly wirklich, und Tante Clara wird mich nicht davon abhalten, mit ihr befreundet zu sein.

7

Das Wochenende war so mies, dass ich zum allerersten Mal in meinem Leben tatsächlich erleichtert bin, als am Montagmorgen der Wecker klingelt. Ich reibe mir den Schlaf aus den Augen und taste nach meiner Gitarre.

Das einzig Gute daran, in einer dämlichen Kleinstadt mitten im Nirgendwo bei einer Tante zu wohnen, die einem alle Freundschaften kaputt machen will und einen dazu verdammt, nichts als Gemüse zu essen und abgestandenes Tümpelwasser zu trinken, ist, dass es eine tolle Inspiration fürs Songschreiben ist. Wenn das so weitergeht, habe ich am Ende des Jahres Material für zehn Alben zusammen.

Ich schalte meine Lichterkette an und stimme die Gitarre. Draußen ist es immer noch dunkel und der Mond leuchtet wie eine silberne Weihnachtskugel in der Ecke des Fensters. Ich spiele leise auf der Gitarre und summe die Harmonien mit.

Mein Dad hält mich für eine Art musikalisches Genie. Anscheinend konnte ich, als ich noch klein war, jede Melodie, die ich im Fernsehen oder Radio gehört habe, sofort auf meiner Blockflöte nachspielen. Er ist der Ansicht, dass ich damit in derselben Liga bin wie Mozart und Beethoven.

Ich weiß nur, dass die Zeit stehen zu bleiben scheint, wenn ich an einem Song arbeite. Obwohl mein Wecker mir sagt, dass bereits eine halbe Stunde verstrichen ist, habe ich das Gefühl, erst ein paar Sekunden lang gespielt zu haben, als Tante Clara mich zum Frühstück ruft.

Tante Clara und ich sind während des Frühstücks gestelzt freundlich zueinander. Es hilft allerdings, dass es heute Porridge mit Honig gibt und nirgendwo auch nur eine Spur von Tümpelwasser zu sehen ist. Zum ersten Mal, seit ich hier bin, esse ich meine Portion komplett auf.

Tante Clara blickt auf meine leere Schüssel und lächelt. »Hat's dir geschmeckt?« Sie schaut mich hoffnungsvoll an.

Ich nicke. »Ja, es war köstlich. Danke.« Aus irgendeinem eigenartigen Grund fühle ich mich auf einmal richtig glücklich. Ich habe keine Ahnung, warum. Alles, was mir gerade durch den Kopf geht, ist: *Ich muss gleich zur Schule, und wenn ich in der Schule bin, werde ich Holly zum ersten Mal wiedersehen, seit Tante Clara so unhöflich zu ihr war. Kann ich wirklich mit ihr befreundet sein, ohne dass Tante Clara es mitbekommt? Und was noch schlimmer wäre: Was, wenn Holly gar nicht mehr mit mir befreundet sein will?*

Aber wie sich herausstellt, ist Holly meine geringste Sorge. Sobald ich das Schulhaus betrete, habe ich das Gefühl, die Augen aller Schüler auf mir zu spüren. Es sind jedoch nicht die neugierigen, ehrfürchtigen Blicke, die mir zugeworfen wurden, als ich letzte Woche mit Izzy, Vivien und Ben unterwegs war. Diesmal sind die Blicke viel kälter.

Ich umklammere Mums Medaillon und mache mich auf den Weg ins Klassenzimmer.

Obwohl die erste Stunde noch nicht begonnen hat, ist der Raum bei meinem Eintreffen bereits ziemlich voll, weil es draußen so bitterkalt ist.

Mr Matthews ist damit beschäftigt, Arbeitshefte zu benoten, einen Stift in jeder Hand und einen hinter jedem Ohr. Die meisten Schüler sind um Tische versammelt, plaudern und lachen. Holly ist die Einzige, die allein dasitzt. Wie immer liest sie ein Buch, die Stirn konzentriert in Falten gelegt.

Ich höre ein kaltes Lachen aus dem hinteren Teil des Zimmers und die fröhlichen Plaudereien verstummen. Ich muss mich nicht umdrehen, um zu wissen, dass Izzy, Vivien und Ben meine Ankunft bemerkt haben. Ich hole tief Luft und ziehe den Stuhl neben Holly unter dem Tisch hervor.

»Ist es okay, wenn ich …?«

Holly hebt den Blick und sofort breitet sich ein Lächeln auf ihrem Gesicht aus. »Nessa!«, sagt sie und klingt aufrichtig erfreut.

Ich bin so erleichtert, dass ich beinahe losheule.

»Wie war dein Wochenende noch so?«, fragt sie. »Ich hoffe, im Laden ging es nicht zu sehr drunter und drüber?«

Ich setze mich und meine Erleichterung wird immer größer. Es scheint ihr überhaupt nichts auszumachen, dass Tante Clara so unfreundlich zu ihr war.

»Es war einiges los.« Ich blicke auf meinen Schoß hinunter. »Ich … Es tut mir leid, dass meine Tante so gestresst war.«

Holly sieht mich ausdruckslos an. »War sie das? Ist mir gar nicht aufgefallen. Ich bin so froh, dass du da bist. Du kannst mich auf andere Gedanken bringen.«

Wieder höre ich Izzys Lachen, das durch das Gemurmel im Klassenzimmer schneidet. Ich blende es aus. »Warum? Was ist denn los?«

Holly seufzt. »Ich muss heute Nachmittag zum Zahnarzt. Angeblich brauche ich zwei Füllungen, obwohl sich meine Zähne bestens anfühlen.« Sie lehnt sich näher zu mir. »Manchmal glaube ich, Zahnärzte gehören einer üblen Verschwörung an. Sie sind so was wie das Gegenteil der Zahnfee. Sie wollen mit unseren Zähnen nur Geld verdienen.«

Ich nicke lachend.

Es klingelt zur ersten Stunde. Mr Matthews blickt von seinen Heften auf und wirkt völlig überrascht, so als hätte er gar nicht bemerkt, dass wir alle hier sind. »Oh! Guten Morgen!«, begrüßt er uns fröhlich. »Lasset die letzte Woche des Halbjahrs beginnen«, sagt er und beginnt, uns nacheinander aufzurufen.

Vivien murmelt irgendetwas, nachdem er meinen Namen von der Klassenliste vorgelesen hat, und alle um sie herum kichern hämisch, aber das ist mir egal. Alles, was für mich zählt, ist, dass Holly immer noch meine Freundin sein will.

In der ersten Pause gehe ich zu meinem Spind, um mein dickes Naturwissenschaftsbuch zu holen. An der Spindtür klebt ein Zettel. Ich falte ihn auf und lese die Nachricht, die darauf steht.

Wir wissen, dass dein Dad nicht wirklich im Ausland arbeitet. Es ist dir nur zu peinlich zuzugeben, dass er im Gefängnis sitzt.

Obwohl die Nachricht getippt ist, muss ich sie nicht nach Fingerabdrücken absuchen, um zu wissen, wer dahintersteckt: Izzy.

Was hat sie nur für ein Problem? Warum kann sie mich nicht einfach in Ruhe lassen? Und warum zieht sie meinen Dad in die Sache mit rein? Mein Herz beginnt wie wild zu rasen und meine Augen füllen sich mit Tränen. Ich versuche, sie wegzublinzeln, aber es funktioniert nicht.

»Nessa, ist alles okay?«

Ich blicke auf und sehe, wie Holly durch den Korridor auf mich zukommt. Ich stecke die Nachricht schnell in meine Hosentasche.

»Was ist denn? Ist was passiert?«, fragt sie. Sie wirkt so besorgt, dass ich beinahe wieder anfange zu heulen. Ich stolpere den Flur entlang zu den Toiletten und schaffe es gerade noch in eine der Kabinen, bevor ich in Tränen ausbreche.

Ich lasse mich auf den Boden sinken und presse mein glühendes Gesicht gegen die kalte Kabinenwand. Was ist bloß los mit mir? Warum fühle ich mich die ganze Zeit so seltsam? Das ist doch verrückt.

Es klopft leise an der Tür.

»Nessa, ist alles okay?«

Ich hieve mich auf die Beine und entriegele die Tür. Holly steckt vorsichtig den Kopf herein. Sie hält mir einen Stapel Papierhandtücher hin.

Ich nehme eines und wische mir die Tränen weg. Dann gehe ich zum Waschbecken hinüber und spritze mir kaltes Wasser ins Gesicht.

Holly betrachtet mich im Spiegel. »Soll ich dich ins Krankenzimmer bringen?«

Ich schüttle den Kopf. »Nein, ich bin nicht krank. Es ist … es ist deswegen.« Ich krame in meiner Hosentasche nach der zusammengeknüllten Nachricht und reiche sie ihr.

Während Holly sie liest, kocht Wut in mir hoch. Wie kann Izzy es wagen, so etwas zu tun? Wie kann sie es wagen, so etwas über meinen Dad zu sagen? Ich kralle mich am Rand des Waschbeckens fest und mein ganzer Körper brennt förmlich vor Zorn.

Was ist nur mit mir los? Warum habe ich ständig diese extremen Stimmungsschwankungen?

»Ich weiß wirklich nicht, warum sie sich mir gegenüber wie eine blöde Kuh aufführt«, sage ich und schaue Holly an. »Aber das Seltsamste ist, wie gestresst ich deswegen bin. Normalerweise kann ich solche Dinge echt gut abschütteln, aber seit ich hier bin, fühle ich … fühle ich alles so intensiv. In der einen Sekunde bin ich so glücklich, dass ich am liebsten laut singen würde, und in der nächsten würde ich mich am liebsten übergeben.«

Holly gibt mir den Zettel wieder zurück. Sie schaut mich einen Moment lang an, so als wollte sie mir irgendetwas sagen. Dann klingelt es. Die Pause ist zu Ende. »Lass uns gehen«, meint sie nur, »sonst kommen wir zu spät zum Unterricht.«

Holly dreht sich um und geht zur Tür. Was habe ich mir nur dabei gedacht? Ich hätte ihr nie von meinen Stimmungsschwankungen erzählen sollen. Mir dreht sich vor lauter Verzweiflung der Magen um. Was, wenn ich Holly jetzt auch noch verliere?

8

In Naturwissenschaften muss ich an einem anderen Tisch sitzen als Holly, deshalb kann ich unmöglich sagen, ob sie mich noch leiden kann oder nicht. Als es schließlich zur Mittagspause läutet, muss sie schnell zu ihrem Zahnarzttermin. Immerhin verabschiedet sie sich von mir und lächelt mich an – mehr oder weniger.

Ich vermute deshalb, dass zwischen uns alles in Ordnung ist. Um nicht länger wie eine Besessene darüber nachzudenken, *wie* genau Holly mich angelächelt hat – und um Izzy und ihren Minions aus dem Weg zu gehen –, beschließe ich, die Mensa zu meiden und stattdessen das Schulgelände zu erkunden.

Ich fange hinter der Kapelle an, wo sich ein Pfad über die verlassenen Spielwiesen schlängelt. Ich folge dem Weg zu einem kleinen Hain. Keiner der Bäume ist so groß wie die alte Eiche im Wald, aber wenigstens gaffen sie mich nicht an oder behaupten irgendwelche gemeinen Dinge über mich.

Ich lasse mich auf dem kalten Gras nieder und hole mein Essen aus meiner Schultasche. Mein Magen ist vor Hunger schon ganz hohl. Als ich ein Sandwich in der Dose finde, bin ich geradezu lächerlich begeistert. Das Brot ist zwar dunkelbraun – so dunkelbraun, dass es fast schon schwarz ist –, aber es ist ein Sandwich und der Zitronen-Hummus schmeckt sogar ganz lecker.

Ich lehne mich gegen den Baum zurück und blicke zum Himmel empor. Er ist mit mächtigen Wolken überzogen, die aussehen wie Gebirgsketten. Das winterliche Sonnenlicht färbt ihre Spitzen violett und grau. Mein Handy vibriert in meiner Blazertasche. Ich ziehe es heraus und sehe eine Nachricht von Dad.

Bin gerade beim Abendessen und denke
an dich. Hab dich lieb. Ich vermisse dich.
lol xxx

Tränen treten mir in die Augen, aber diesmal sind es Freudentränen. Ich schreibe ihm schnell zurück:

Bin gerade beim Mittagessen und denke
auch an dich. Hab dich lieb, vermisse dich
auch. lol xoxo

Ich stecke das Handy wieder in meine Tasche. Es spielt keine Rolle, was Izzy und die anderen über Dad sagen. Ich weiß, dass er mich liebt.

Voller Entschlossenheit gehe ich zurück zur Schule. Wenn ich will, dass Izzy mit ihren blöden Spielchen aufhört, dann muss ich etwas unternehmen.

In der ersten Stunde nach dem Mittagessen haben wir Sport. Ich komme als Letzte aus der Umkleide, weil ich ewig brauche, um einen Knoten im Schnürsenkel meines Turnschuhs zu lösen. Ich renne in den Korridor hinaus und sehe, dass Izzy, Vivien und Ben auf mich warten.

»Alles klar, Freak?«, zischt Izzy mit zusammengekniffenen Augen. »Ist es wahr, dass dein Dad im Gefängnis sitzt, weil er jemanden umgebracht hat?«

Mein Herz beginnt so wild zu pochen, als würde mir jemand mit einem Hammer von innen gegen die Rippen schlagen. »Mein Dad ist nicht im Gefängnis.«

»Ja, sicher«, schnaubt Ben höhnisch. »Da habe ich aber was anderes gehört.«

»Ihr seid so arm«, fauche ich sie an. »Was ist bloß mit euch los? Ist euer Leben so langweilig, dass ihr Geschichten über andere Leute erfinden müsst, damit ihr irgendwas zu tun habt?«

Vivien macht einen Schritt auf mich zu. »Wir haben jede Menge zu tun.«

Ich gehe ebenfalls einen Schritt auf sie zu. »Ach, wirklich? Und warum zieht ihr dann nicht einfach ab, kümmert euch um euren eigenen Kram und lasst mich in Ruhe?«

»Igitt, schaut euch mal ihre Freak-Augen an, sie haben schon wieder die Farbe gewechselt«, kreischt Izzy und starrt mich an.

Das Hämmern in meiner Brust ist jetzt so heftig, dass mein ganzer Körper vibriert. Aber ich habe keine Angst. Ich fühle mich stark. Richtig, richtig stark.

»Du bist so dämlich«, sage ich und starre genauso finster zurück.

Für einen Sekundenbruchteil bin ich mir sicher, dass ich Angst in ihren Augen aufflackern sehe.

»Kommt, wir gehen«, murmelt sie den anderen zu.

»Was ist denn los? Hast du Schiss?« Ich kann selbst kaum glauben, dass diese Worte tatsächlich aus meinem Mund kommen. Es ist, als wäre ich von einem unbesiegbaren Superhelden besessen.

Izzy rauscht durch den Korridor davon und Ben rennt wie ein Schoßhündchen hinter ihr her. Auch Vivien wendet sich von mir ab, um ihnen zu folgen, aber ich packe sie am Arm. Ich bin nicht wütend oder durcheinander – ich fühle mich beinahe unverwundbar.

»Lass mich los«, kreischt sie.

Doch bevor ich irgendetwas sagen kann, blitzt eine Szene in meinem Kopf auf, wie aus einem Film: ein Mann mit finsterem Gesicht, der eine Autotür zuknallt und davonfährt. Irgendjemand weint. Ein Mädchen. Ich schaue Vivien an. *Sie* weint nicht. Sie starrt mich nur an, und genau wie bei Izzy bin ich mir sicher, dass ich Angst in ihren Augen aufflackern sehe. Meine neu entdeckte innere Stärke strömt wie eine Flutwelle aus mir heraus und ich lasse Viviens Arm wieder los.

»Freak!«, spuckt sie mir entgegen, bevor sie den anderen hinterherrennt.

Ich bleibe völlig benebelt im Korridor stehen und reibe mir die Augen. Was ist da gerade passiert?

Ich bin immer noch ganz verwirrt, als ich später das Schulgebäude verlasse. Die Sonne ist bereits untergegangen und der Himmel kohlengrau. Ich kann nicht aufhören, daran zu denken, was ich gesehen habe, als ich Vivien am Arm gepackt habe.

Warum hatte ich das Bild von irgendeinem wildfremden Mann vor Augen? Und warum konnte ich ein Mädchen weinen hören? Mir kommt ein schrecklicher Gedanke: Was, wenn ich durch den ganzen Umzugsstress verrückt geworden bin?

»Hey, Nescha.«

Ich war so in Gedanken vertieft, dass ich Holly gar nicht bemerkt habe, die im Schatten eines Baumes am Straßenrand steht.

»Isch kann nisch rischtisch spreschen«, fügt sie hinzu und hält sich die Wange. »Der böschartige Tschahnarzscht hat misch für den Rescht meinesch Lebensch verschtümmelt.«

»Oh nein. Hat er dir eine Spritze gegeben?«

Holly nickt mürrisch.

»Und was machst du dann hier?«

»Isch wollte schehen, ob bei dir allesch okay ischt.«

»Ehrlich?«

Holly nickt erneut.

Die Verspannung in meinen Schultern löst sich langsam. Ich lächle Holly dankbar an. »Tut mir echt leid wegen vorhin. Ich weiß wirklich nicht, warum mir auf einmal so schlecht war. Es passieren andauernd so seltsame Sachen …« Ich breche ab, weil ich mir nicht sicher bin, ob ich ihr noch mehr erzählen sollte.

Holly sieht mich an. »Wasch denn für Schachen?«

Wir gehen gemeinsam die Straße entlang. Ich fühle mich ein bisschen selbstsicherer, jetzt, wo wir einander nicht mehr direkt anschauen. So ist es einfacher weiterzuerzählen.

»Seit ich hier bin, scheint alles eine viel stärkere Wirkung auf mich zu haben als normalerweise«, beginne ich. »Ich habe andauernd diese extrem intensiven Gefühle.« Ich blicke zu Holly hinüber. Sie sieht mich aufmerksam an. »Und dann vorhin, in der Sporthalle … Ich hatte beschlossen, Izzy und die anderen wegen dieser Nachricht zur Rede zu stellen. Aber dann ist etwas richtig Seltsames passiert.«

»Wasch denn?« Holly bleibt stehen.

»Na ja, ich hab Vivien am Arm gepackt und hatte eine Art Flashback. Nur, dass es gar kein Flashback gewesen sein kann, weil ich die Leute darin gar nicht kannte. Da war dieser Mann, der eine Autotür zugeknallt hat, und ich konnte ein Mädchen weinen hören. Es war … es war, als würde ich träumen, obwohl ich hellwach war.« Ich hole tief Luft. Jetzt *muss* Holly ja denken, dass ich verrückt bin.

Ich riskiere einen Blick in ihre Richtung. Sie hat den Kopf gesenkt und scharrt mit den Füßen über den vereisten Gehweg. »Wahrscheinlich kommt das alles nur von dem ganzen Umzugsstress«, füge ich in dem Versuch hinzu, die Stimmung ein wenig aufzulockern.

Holly nickt. Sie macht den Mund auf, als wollte sie etwas erwidern. Dann schließt sie ihn jedoch wieder und wendet den Blick ab. »Ja, mach dir deschwegen keine Schorgen. Bisch zu den Ferien schind esch ja nur noch vier Tage«, sagt sie schließlich fröhlich. Ihre Stimme klingt jedoch ein bisschen zu schrill. »Und fünf Tage bisch tschum Schulball am Schamschtag.«

Ihre Augen huschen hin und her und schauen überall hin, nur nicht zu mir. Sie wirkt richtig nervös. Am liebsten würde ich mir selbst in den Hintern treten. Es ist schon schlimm genug, dass ich mich heute Morgen beinahe vor ihr übergeben habe – und jetzt erzähle ich ihr auch noch, dass ich halluziniere. Kein Wunder, dass sie verunsichert ist. Ich bin ja selbst schon völlig erschöpft davon, zu begreifen, was eigentlich mit mir los ist.

Ich beschließe deshalb, es aufzugeben und mich stattdessen voll darauf zu konzentrieren, wieder normal zu sein. Ich schaue Holly an und zwinge mich zu einem Lächeln. »Ja, nur noch fünf Tage bis zum Schulball.«

9

Irgendwie schaffe ich es durch die restliche Woche, ohne dass noch mehr Verrücktes passiert. Seit unserer Begegnung in der Sporthalle scheinen mich Izzy und die anderen zu meiden. Das Schlimmste, was ich hin und wieder abkriege, sind vereinzelte eiskalte Blicke.

Als der Samstag schließlich vor der Tür steht, freue ich mich daher tatsächlich auf den Schulball. Aber nicht nur, weil die anderen mich endlich in Ruhe lassen. Holly ist so aufgeregt, dass ihre Begeisterung richtig ansteckend ist.

Außerdem hat mich mein Musiklehrer, Mr Graham, gebeten, die Playlist für die erste Stunde zusammenzustellen. Abgesehen davon, dass ich Holly kennengelernt habe, ist das das Beste, was mir seit meiner Ankunft in Fairhollow passiert ist. Playlists zu erstellen, gehört zu meinen allerliebsten Freizeitbeschäftigungen überhaupt. Als ich am Samstagnachmittag meine Tasche packe, bevor ich zu Holly gehe, vergewissere ich mich ungefähr zum zehnten Mal, dass ich mein Handy auch wirklich eingepackt habe.

Schließlich bin ich fertig und gehe in den Laden hinunter. Ich würde nicht unbedingt sagen, dass er vor Kunden aus allen Nähten platzt, aber er ist entschieden voller, als ich ihn je zuvor gesehen habe. Auch im Café sind alle Tische besetzt. Danny serviert gerade ein paar Gästen Suppe, während Tante Clara hinter der Theke Brot schneidet.

»Ich gehe zu Eve. Wir wollen uns zusammen für den Schulball fertig machen«, rufe ich ihr zu und kriege sofort Gewissensbisse, weil ich sie schon wieder anlüge. Aber was soll ich auch machen, wenn sie wegen Holly so stur ist? Ich habe die ganze Woche über beim Frühstück und Abendessen langsam eine erfundene Freundschaft mit Eve aufgebaut, damit ich ihr heute diese Geschichte auftischen kann, wenn ich in Wahrheit zu Holly gehe.

Tante Clara blickt von ihrem Brot auf. Ihr Gesicht ist gerötet und der Eyeliner ein wenig verschmiert. »In Ordnung, Nessa. Ich wünsche dir viel Spaß. Aber komm nicht zu spät nach Hause.«

»Werde ich nicht.« Ich spüre ein kummervolles Stechen und frage mich, ob ich jemals vollkommen entspannt und offen mit Tante Clara werde reden können.

Ich gehe durch den Laden und auf die Hauptstraße hinaus. Dort wimmelt es nur so von mit Tüten beladenen Leuten, die ihre Weihnachtseinkäufe erledigen. Obwohl es erst vier Uhr ist, ist der Himmel bereits tintenblau und der Wind so eiskalt, als könnte es jede Minute anfangen zu schneien. Ich ziehe meine Mütze tiefer ins Gesicht und setze mich mit schnellen Schritten in Bewegung.

Holly wohnt ganz am anderen Ende der Hauptstraße, in einem der imposanten alten Häuser, die ich bei meiner Ankunft in Fairhollow gesehen habe. Als ich die Stufen zu ihrer Haustür hinaufsteige, kommt mir das Haus noch riesiger vor als damals vom Taxi aus. Unter mir, zu meiner Rechten, dringt aus einem Kellerfenster ein oranger Glanz. Davon abgesehen ist das Haus vollkommen dunkel.

Ich klopfe mit einem gigantischen Türklopfer aus Messing, der aussieht wie ein Fuchskopf, an die Tür. Im Inneren des Hauses ist das Klappern von Schritten zu hören. Dann schwingt die Tür auf und Holly steht grinsend vor mir. Sie keucht, als hätte sie gerade einen Hundertmeterlauf hinter sich. Doch sie kann gar keinen Hundertmeterlauf hinter sich haben, weil sie ein feuerrotes Kleid im Stil der 1920er trägt, dessen Fransensaum mit Perlen besetzt ist. Ihr lockiges Haar hat sie zu einem falschen Pagenschnitt hochgesteckt.

»Ich hab mir einen echt coolen Tanz aus den 1920ern beigebracht, er heißt Charleston«, verkündet sie atemlos. »Na ja, eigentlich hat YouTube ihn mir beigebracht«, fügt sie immer noch grinsend hinzu.

Ich lache und schaue an ihr vorbei in die Diele. »Wow!«

Allein die Diele ist größer als das komplette Erdgeschoss von unserem alten Haus in London. Eine riesige Treppe mit gusseisernem Geländer führt in einem Bogen hinter Holly in den nächsten Stock hinauf.

»Tut mir leid! Komm doch rein!«, sagt sie, reißt die Tür noch weiter auf und zieht mich ins Haus. »Das ist ja eiskalt da draußen.«

Ich trete auf den schwarz-weißen Schachbrettboden. Holly legt einen Lichtschalter um und über uns erwacht ein mächtiger Kronleuchter funkelnd zum Leben. Mir ist bewusst, dass mir vor lauter Ehrfurcht vermutlich der Mund offen steht, aber ich kann nichts dagegen tun. »Wow, Holly, euer Haus ist unglaublich!«

Holly blickt sich gleichgültig um. »Ja, ist ganz okay, schätze ich. Ich wohne hier schließlich schon mein ganzes Leben. Wahrscheinlich bin ich einfach daran gewöhnt.« Sie nimmt meine Hand. »Komm mit, ich muss dir was zeigen.«

Sie führt mich die riesige Treppe hinauf, am ersten und zweiten Stock vorbei, bis wir die oberste Etage erreichen und einen Raum am Ende des Treppenabsatzes betreten.

Das Zimmer ist gigantisch und mit antiken Möbeln aus dunklem Holz eingerichtet: zwei Kommoden, ein Kleiderschrank und ein riesiges Himmelbett. »Ist das Svetlanas Zimmer?«, frage ich. Holly schüttelt den Kopf.

»Nein, es war das von meiner Großmutter. Das ganze Haus hat ihr gehört. Meine Mum hat es geerbt, als Grandma gestorben ist. Schau mal, hier …« Sie zerrt mich zum Bett hinüber. Auf der Patchworkdecke steht eine offene, zerbeulte alte Kiste, aus der Klamotten herausquellen.

»Ich hab sie auf dem Dachboden gefunden«, erklärt Holly und ihre Augen leuchten vor Aufregung. »Sie sind so alt, dass sie meiner Urgroßmutter gehört haben müssen! Ich werde das hier zum Ball tragen. Was meinst du?« Sie streicht das Kleid glatt, das sie anhat.

Ich betrachte sie lächelnd. »Es ist wunderschön.«

»Du kannst auch eins anziehen, wenn du magst.« Sie blickt mich hoffnungsvoll an. »Ich dachte, dass das hier besonders gut zu deinen Augen passen würde – obwohl ich noch nicht genau herausgefunden habe, was für eine Farbe sie eigentlich haben. Sie sehen jeden Tag irgendwie anders aus.« Sie hält eins der Kleider hoch. Der Stil ist derselbe wie bei ihrem, nur dass es pfauenblau und der mit Perlen besetzte Fransensaum silbern ist.

»Bitte, sag, dass du es anziehst. Wir würden so cool aussehen!«

Ich nehme ihr das Kleid ab. Es ist atemberaubend. Viel, viel schöner als das schwarze Kleid, das ich mitgebracht habe. »Klar werde ich es anziehen!«

Holly quietscht vor Freude.

Nachdem ich mich umgezogen habe, gehen wir zurück nach unten – oder besser gesagt: Wir tanzen zurück nach unten.

Hollys Zimmer liegt im Keller. Im Gegensatz zu den restlichen Zimmern mit ihren hohen Decken und antiken Möbeln ist es hier richtig gemütlich und schnuckelig. Die Wände sind von Bücherregalen gesäumt und auf dem Teppichboden stehen noch etliche weitere Bücherstapel.

Holly steuert direkt auf den Laptop auf ihrem Schreibtisch zu. »Das ist das Video, von dem ich dir erzählt habe – das, mit dem du den Charleston lernen kannst.« Sie drückt auf Play und winkt mich zu sich. »Komm, das macht wirklich Spaß.«

Nach ein paar Versuchen brauchen wir das Video nicht mehr und tanzen schon kurz darauf wieder in die Diele hinauf. Dank des Schachbrettbodens und des Kronleuchters fällt es uns nicht schwer, uns vorzustellen, wir wären durch die Zeit in die 1920er-Jahre zurückgereist. Ich bin mir nicht sicher, wie lange wir so durchs Haus tanzen, aber ich liebe jede einzelne Sekunde.

Schließlich lassen wir uns auf die unterste Stufe der breiten Treppe fallen, kichernd und völlig außer Puste.

»Wo ist denn dein Au-pair?«, will ich wissen und frage mich, was Svetlana wohl von dem ganzen Lärm hält, den wir veranstalten.

»Oh, sie macht beim Weihnachtstheater in der Stadthalle mit. Sie ist eine der hässlichen Stiefschwestern. Es ist ihre Traumrolle.« Holly grinst mich an. »Ich freue mich so sehr, dass du nach Fairhollow gezogen bist. Ich meine, ich freue mich natürlich nicht darüber, dass du von deinem Dad wegziehen musstest. Und ich weiß, dass das nicht die allerbeste Woche für dich war. Aber alles macht viel mehr Spaß, seit du hier bist.« Sie blickt auf ihren Schoß hinunter und wirkt auf einmal ganz traurig. »Ich hätte nicht gedacht, dass ich dieses Jahr zum Schulball gehen würde.«

»Warum denn nicht?«

»Oh, nur wegen ein paar richtig nerviger Leute.«

»Izzy und Vivien?«

Holly nickt. »Ich habe irgendwann festgestellt, dass ich sie mir am besten vom Leib halte, wenn ich versuche, mich unsichtbar zu machen. Aber jetzt bist du hier und ich muss das nicht mehr tun. Jetzt kann ich endlich auch wieder Spaß haben.«

Ich schaue sie an. »Ist das der Grund, warum du in der Schule dauernd liest? Weil du versuchst, dich unsichtbar zu machen?«

Holly nickt erneut. »Aber ich liebe Bücher, deshalb ist das kein Problem. Trotzdem ist es schön, sich ab und zu auch mal unterhalten zu können.«

Ich runzle die Stirn. Holly ist so lustig, dass ich mir einfach nicht erklären kann, warum sie so unbeliebt ist. »Warum hacken die anderen denn immer auf dir herum?«

Holly zuckt mit den Schultern. »Keine Ahnung.« Sie wendet scheinbar verlegen den Blick ab. »Und, hast du deine Playlist für den Ball fertig?«

Ich verfalle plötzlich in Panik. »Ja, aber wäre es okay, wenn ich sie noch mal ganz kurz durchschaue, bevor wir losgehen? Ich habe andauernd diesen Albtraum, dass ich sie nachher Mr G. gebe und dann gar nichts drauf ist.«

Holly springt auf. »Natürlich. Komm mit.«

Wir gehen wieder runter in ihr Zimmer und ich hole mein Handy aus meiner Tasche. Sobald ich es einschalte, sehe ich, dass das Batteriesymbol auf dem Display leer ist.

»Oh nein!« Ich klatsche mir eine Hand auf den Mund.

»Was ist denn?«

»Ich hab vergessen, mein Ladekabel mitzubringen, und meine Batterie ist leer.«

Holly grinst. »Keine Sorge, ich hab eins. Gib es mir rüber.«

Als ich ihr das Handy reiche, klopft es an der Haustür.

»Das muss das Taxi sein«, sagt Holly. »Ich habe vorhin eins bestellt.«

»Aber mein Handy …«

Holly schaut darauf hinunter. »Oh … ähm … Es ist alles okay, siehst du?« Sie gibt es mir wieder und sieht ziemlich verwirrt aus. Das Batteriesymbol auf dem Display ist wieder voll.

»Aber wie …?«

»Komm jetzt, wir müssen los.« Holly rauscht an mir vorbei und ihre Wangen glühen feuerrot.

10

Abgesehen von den Lehrern und ein paar Neuntklässlern, die dazu verdonnert wurden, die Eintrittskarten abzureißen und Getränke auszuschenken, sind wir die ersten Gäste beim Schulball.

Die Aula sieht aus wie nach einer dieser Hausrenovierungssendungen im Fernsehen. Sämtliche Stühle sind verschwunden und die Wände mit goldenen und roten Lametta-Girlanden geschmückt. In der Mitte der Bühne steht ein riesiger Weihnachtsbaum und von der Decke hängen Tannen- und Mistelzweige.

Ich hatte einen so schönen Nachmittag mit Holly, dass ich zum ersten Mal seit meiner Ankunft in Fairhollow tatsächlich in festlicher Stimmung bin. Mr Graham ruft mich zur Musikanlage neben der Bühne. Ich ziehe mein Handy aus der Tasche und kontrolliere die Batterie – sie ist immer noch voll.

»Hier ist meine Playlist«, sage ich und reiche ihm das Gerät.

»Ausgezeichnet«, erwidert er mit strahlendem Lächeln. »Von jemandem, der so ein musikalisches Talent hat wie du, erwarte ich nur Gutes.«

»Danke, Sir.«

Grinsend kehre ich zu Holly zurück. Als der erste Song von meiner Liste aus den Lautsprechern ertönt, fasst sie mich an den Händen.

»Wollen wir ein bisschen Charleston tanzen, während wir warten?« Sie winkt mit ausladender Geste durch die Aula. »Guck doch mal, wie viel Platz wir haben.«

Ich nicke und folge ihr in die Mitte des Raumes. Wir lachen und tanzen, als wären wir immer noch bei ihr zu Hause. Es fühlt sich gleichzeitig seltsam und wahnsinnig gut an, in der Fairhollow High so viel Spaß zu haben. Irgendwie scheint es den ganzen blöden Mist, der diese Woche hier passiert ist, wieder wettzumachen. Dann höre ich plötzlich ein lautes Husten und Holly entgleisen die Gesichtszüge.

Ich drehe mich um und sehe Izzy, Vivien und Ben direkt hinter uns stehen. Auch einige andere Schüler strömen nach ihnen in die Aula.

»Was für ein Paar Spinner«, sagt Izzy laut und schüttelt den Kopf.

Vivien nickt zustimmend. »Allerdings.«

»Die glauben wahrscheinlich auch noch, dass sie cool aussehen, wenn sie hier alleine tanzen«, fügt Ben abfällig hinzu und zieht die Augenbrauen hoch.

Izzy blickt uns mit zusammengekniffenen Augen an. »Glaubt ihr das? Weil es nämlich überhaupt nicht cool ist. Ihr seht einfach nur erbärmlich aus.«

Es ist, als hätte mich ein glühend heißer Blitzschlag der Wut getroffen. Ich hasse Izzy. Ich hasse sie mehr, als ich in meinem ganzen Leben jemals jemanden gehasst habe. Ich kann es nicht ertragen, wenn sie auch nur in meiner Nähe ist. Ich wünschte, sie würde einfach verschwinden. Izzy grinst mich gehässig an – und fällt rückwärts auf den Boden.

»Au!«, schreit sie und versucht, sich wieder aufzurappeln.

Meine Wut und mein Hass lösen sich sofort in Luft auf und in meinem Schädel beginnt es zu dröhnen. Ich dränge mich an den anderen vorbei, ignoriere ihr Gaffen und stürme in den Korridor hinaus.

Mittlerweile trifft die restliche Meute der Schüler ein. In ihren schicken Kleidern sehen sie allesamt perfekt aus – das exakte Gegenteil von dem, wie ich mich fühle.

Ich stürze zu einem Notausgang in der Nähe und setze mich draußen auf die Treppe. Dann atme ich einmal ganz tief ein. Und ein zweites Mal.

Was ist da gerade passiert? Was passiert hier schon die ganze Zeit? Ich habe noch nie jemanden so sehr gehasst wie Izzy in diesem Moment. Warum spielen meine Gefühle hier nur andauernd so verrückt?

Nach ein paar Minuten wird mir richtig kalt. Ich nehme mir vor, um Izzy und die anderen einen großen Bogen zu machen, und gehe wieder nach drinnen. Inzwischen ist die Aula voll mit Schülern, und ich merke sofort, dass irgendetwas nicht stimmt. Sie sind viel zu still und starren alle in dieselbe Richtung. Ich folge ihren Blicken zur Mitte der Aula, wo sich Holly und Izzy angriffslustig gegenüberstehen, so als wollten sie gleich miteinander kämpfen.

Ich bahne mir einen Weg durch die Menge auf sie zu und mein Herz rast wie verrückt. Aber ich komme zu spät. Bevor ich die beiden erreiche, boxt Izzy Holly gegen die Schulter und Holly schubst sie zurück. Dann beginnen sämtliche Lichter zu flackern. Ein lauter Knall, gefolgt vom Klirren von zerbrechendem Glas, hallt durch die Aula. Erschrockene Stille legt sich über den Raum.

Jede einzelne Lampe an der Decke ist durchgebrannt. Sogar die Lichterkette am Weihnachtsbaum ist ausgegangen. Wir stehen in absoluter Dunkelheit und allmählich breitet sich Panik aus. Mr Grahams Stimme tönt aus den Lautsprechern. Er bittet uns alle, den Saal in Ruhe zu verlassen.

Ich eile zu Holly hinüber und muss dabei vorsichtig über die unzähligen Glasscherben auf dem Boden steigen.

Wie alle anderen sieht sie furchtbar erschrocken aus. Doch zu meiner Verwunderung glaube ich, ein leises Lächeln auf ihren Lippen zu erkennen.

»Holly, ist alles okay?«, frage ich. »Was ist denn passiert?«

»Mir geht's gut«, antwortet sie und packt meinen Arm. »Nein, streich das wieder: Mir geht's *hervorragend.*«

»Bist du sicher?«

Sie nickt mir in der Dunkelheit zu. »Komm, lass uns verschwinden.«

Aufgrund einer »unvorhersehbaren Überlastung des Stromnetzes«, wie Mr Graham es ausdrückt, wird der Ball abgesagt.

Die anderen Schüler stehen in Grüppchen vor der Schule zusammen, aber Holly scheint unbedingt wegzuwollen. Und da ich Izzy nicht noch mal über den Weg laufen will – nur für den Fall, dass ich ihretwegen wieder verrückt werde –, widerspreche ich ihr nicht.

»Komm, wir gehen wieder zu mir nach Hause«, schlägt sie vor, hakt sich bei mir unter und zieht wegen der Kälte die

Schultern hoch. »Svetlana ist noch beim Weihnachtstheater und deine Tante erwartet dich erst in einer Ewigkeit wieder zurück.«

»Gern«, stimme ich ihr zu. »Und mal ehrlich: Bei dir zu Hause war es sowieso viel lustiger als auf dem Ball!«

Holly lacht, aber dann verstummen wir beide abrupt. Ich muss andauernd darüber nachdenken, warum sämtliche Lichter auf einmal explodiert sind.

Als wir am Eingang des Parks vorbeikommen, sehe ich die Straßenlaterne, die durchgebrannt ist, als Holly sich am Montag dagegengelehnt hat. Mir läuft ein Schauer über den Rücken. Das muss ein Zufall gewesen sein. Vielleicht ist die Stromversorgung in Fairhollow einfach nicht sehr zuverlässig – hier wirkt schließlich alles ziemlich antik. Dann muss ich jedoch plötzlich an mein Handy denken. Das Batteriesymbol war definitiv leer, als ich Holly mein Handy gegeben habe. Aber als sie es mir wieder zurückgegeben hat, war es voll aufgeladen.

Liegt es an Fairhollow, dass hier all diese eigenartigen Dinge passieren – oder an Holly? Wir folgen weiter schweigend der Straße und in meinem Kopf werden diese unbeantworteten Fragen immer lauter.

Bei Holly zu Hause lotst sie mich auf eine Tasse heiße Schokolade direkt in die Küche. Ich setze mich an den riesigen Tisch aus Kiefernholz, während sie Milch auf dem Herd heiß macht. Mein Kopf ist inzwischen so voller Fragen, dass ich beschließe, eine davon laut auszusprechen.

»Hast du …?« Aber dann breche ich doch ab. Wie soll ich sie auch fragen, ob sie die Lampen hat durchknallen lassen? Das würde schließlich total verrückt klingen.

»Was?«, fragt Holly und rührt weiter die Milch.

»Hast du zufällig …?«

Holly dreht sich strahlend zu mir um. »Schokostreusel für obendrauf? Ja, ganz zufällig.«

»Nein. Ich meine nicht die heiße Schokolade.« Ich blicke auf meinen Schoß hinunter. »Hattest du zufällig was mit dem Stromausfall zu tun?«

»Wie … wie meinst du denn das?« Hollys Stimme ist so voller Angst, dass ich sie einfach ansehen muss. Sämtliche Farbe ist aus ihrem Gesicht gewichen und ihr Lächeln ist komplett verschwunden. Sie sieht aus, als hätte sie ein Gespenst gesehen.

»Na ja, bei elektrischen Geräten …« Mein Gesicht glüht förmlich. »Tut mir leid. Ich weiß, dass sich das verrückt anhört. Es ist nur … Zuerst ist diese komische Sache mit der Straßenlaterne passiert, und als ich dir vorhin mein Handy gegeben habe, hat sich die Batterie wie von selber wieder aufgeladen. Und heute Abend … Ich hab mich nur gefragt, ob du vielleicht … ich weiß auch nicht … eine Art hochspannungsgeladenes Energiefeld um dich herum hast oder so was.«

Doch sobald ich die Worte laut ausgesprochen habe, komme ich mir total lächerlich vor. Was soll das überhaupt sein, ein hochspannungsgeladenes Energiefeld?!

Ich schneide eine peinlich berührte Grimasse. »Tut mir leid. Das war total bescheuert. Vergiss bitte einfach, was ich gesagt habe.«

Aber Holly steht vollkommen reglos am Herd, den Löffel immer noch in der Hand.

Mich überrollt eine so heftige Welle der Angst, dass ich die Augen schließen und tief Luft holen muss. Als ich sie wieder aufmache, hat Holly den Topf vom Herd genommen und steht direkt vor mir.

»Ich … ähm … ich muss dir was sagen«, stottert sie und sieht mich ernst an. »Aber du musst mir versprechen, dass du nicht durchdrehst und es niemandem weitererzählst.«

»Natürlich.« Kaum ist das Wort über meine Lippen, spüre ich eine Woge der Erleichterung.

»Ich meine das wirklich ernst«, bekräftigt sie und schaut mir direkt in die Augen. »Du musst es mir versprechen.«

»Ich verspreche es«, erwidere ich.

Holly setzt sich neben mich. »Ich bin nicht …« Sie wendet den Blick ab. »Ich bin nicht wie andere Mädchen.«

»Was meinst du damit?«

»Ich meine, dass ich spezielle Kräfte habe – eine spezielle Gabe.«

»Mit Elektrizität?«

Holly nickt. »Aber das ist noch nicht alles.«

Ich blicke sie fragend an und mein Magen grummelt wieder nervös.

»Ich …« Sie senkt die Stimme und fährt flüsternd fort: »Ich bin eine Hexe.«

Ich breche in Gelächter aus.

»Haha! Sehr lustig. Dir ist aber schon klar, dass Halloween vor zwei Monaten war?«

Holly lacht nicht. Sie lächelt noch nicht mal. Ihre Augen glänzen vor Tränen.

»Holly?«

Eine Träne rinnt über ihre Wange.

Ich greife nach ihrer Hand. »Holly, was meinst du denn damit, du bist eine Hexe?«

»Genau das«, antwortet sie traurig.

»Was? Richtig mit Zaubersprüchen und auf dem Besenstiel reiten?« Mein Hirn kann das alles überhaupt nicht verarbeiten. Wie kann sie bitte eine Hexe sein? Hexen existieren nicht. Das muss ein Scherz sein.

Aber warum sollte sich Holly so einen Scherz mit mir erlauben? Das ergibt überhaupt keinen Sinn. Sie *kann* mich gar nicht veralbern, dazu sieht sie viel zu aufgewühlt aus. Und dann fängt sie an zu weinen.

»Ich hab es auch erst vor ein paar Monaten herausgefunden«, wimmert sie und wischt sich die Tränen mit dem Handrücken weg, »als das mit meinen speziellen Kräften angefangen hat.«

Ich will ihr eigentlich sagen, dass das total verrückt ist, aber dann sehe ich sie an und habe mit einem Mal das unerschütterliche Gefühl, dass sie die reine Wahrheit sagt.

Ich krame in meiner Tasche nach einem Taschentuch und reiche es ihr. »Die Sache mit der Elektrizität?«

Sie nickt und wischt sich neue Tränen weg. »Ja. Ich bin eine Energie-Bündlerin.« Sie lacht verlegen. »Ich bin nur noch nicht so gut mit dem Bündeln.«

»Aber ich verstehe nicht …«

Holly rutscht mit ihrem Stuhl näher zu mir heran. »Flipp jetzt nicht aus, aber die Wahrheit ist, dass es in Fairhollow schon immer Hexen gegeben hat. Seit Anbeginn der Zeit, sozusagen. Vor Hunderten von Jahren hat es hier nur so von ihnen gewimmelt. Aber heute sind nur noch ein paar wenige übrig.«

Alles, was Holly mir erzählt – jedes einzelne Wort, das aus ihrem Mund kommt –, ist vollkommen verrückt. Und trotzdem kann ich das Gefühl nicht abschütteln, dass sie es aufrichtig meint und mir die Wahrheit erzählt. »Und du bist eine dieser wenigen?«

»Ja.« Sie lacht sarkastisch. »Ich hab die Hexen-Lotterie gewonnen, juhu! Aber ein paar Vorteile hat die Sache schon, schätze ich. Ich brauche nie wieder ein Ladekabel.«

Ich sitze einen Moment lang schweigend da und versuche zu begreifen, was sie da gerade gesagt hat. »Und sind alle Hexen Energie-Bündlerinnen?«

Holly schüttelt den Kopf. »Nein. Jede Hexe hat zwar eine spezielle Gabe, aber diese Gabe kann bei jeder etwas anderes sein. Ich kenne sie noch nicht alle, aber ich weiß, dass manche Hexen Heilerinnen sind. Andere sind ... Empathinnen.« Sie schaut mich durchdringend an, als sie das sagt, so als wollte sie mir etwas mitteilen.

»Und was ist eine Empathin?«

»Das ist jemand, der die Gefühle anderer Menschen lesen kann.« Sie sieht mich immer noch durchdringend an.

Mein Mund fühlt sich plötzlich ganz trocken an. »Was meinst du damit, sie können *die Gefühle anderer Menschen lesen?*«

»Na ja, wenn jemand wütend oder traurig ist, dann kann eine Empathin das spüren.«

»Wie jetzt? Empfindet sie diese Gefühle dann selbst, oder wie?«

Holly nickt.

Ich muss unwillkürlich daran denken, dass meine Gefühle völlig verrücktspielen, seit ich hier angekommen bin, und fange richtig an zu zittern. »Aber ich war doch einfach nur total gestresst ...«, murmle ich.

»Was?«

»Nichts. Ich …« Kälte breitet sich in meinem Körper aus wie ein eisiger Nebel.

»Manchmal haben sie auch Visionen«, fährt Holly vorsichtig fort. »Wenn eine Person etwas sehr Traumatisches erlebt hat, können Empathinnen es manchmal sehen. Wie bei einem Flashback.«

Ein Flashback? Ich denke sofort an das, was ich damals in der Turnhalle mit Vivien gesehen habe. Der Mann im Auto und das weinende Mädchen. Könnte das … Viviens Vergangenheit gewesen sein?

Ich starre Holly verwirrt an. »Was versuchst du mir zu sagen? Glaubst du … glaubst du vielleicht, dass ich eine Empathin bin?«

Holly sieht mich an und nickt. »Ich kann es in dir spüren. Ich spüre es schon seit ein paar Tagen. Seit neulich, als du dich auf der Toilette übergeben und mir von deiner Vision erzählt hast. Aber ich wusste nicht, wie ich …« Sie verstummt.

»Wie du mir sagen sollst, dass ich eine Hexe bin?«

Holly senkt den Blick und nickt erneut.

In meinem Kopf dreht sich alles. Das alles fühlt sich wie ein total verrückter Traum an. Aber das Verrückteste ist, dass ich weiß, dass es kein Traum ist. Ich bin hellwach, genau wie Holly, und alles, was passiert ist – alles, worüber wir gesprochen haben –, ist real.

»Ich muss los«, stammle ich und stehe auf.

Holly schaut mich an, die Augen sorgenvoll geweitet. »Ist alles okay?«

Ich nicke, obwohl ich von okay ungefähr so weit entfernt bin, wie man es nur sein kann.

»Ich muss nur eine Weile allein sein. Das ist alles ein bisschen viel.«

Holly nickt. »Ich weiß. Rufst du mich morgen an? Bitte?«

Ich nicke wieder, stolpere dann zur Tür und renne aus dem Haus hinaus.

Nachdem ich die ganze Nacht kaum geschlafen habe, weckt mich am nächsten Morgen das Piepsen einer Nachricht auf meinem Handy. Ich schnappe es mir sofort und hoffe, dass die Nachricht von Holly ist, die mir sagt, dass das Ganze gestern Abend nur ein überdrehter Scherz war. Aber sie ist von Ellie.

Wie geht's dir BFF?! Hast du Lust zu skypen? xxxx

Ich starre auf das Telefon und formuliere in Gedanken eine Antwort: *Oh, mir geht's bestens, wenn man bedenkt, dass ich gestern Abend erfahren habe, dass ich vielleicht eine Hexe bin!!!*

Es klingt so verrückt, dass ich am liebsten laut loslachen würde. Aber das kann ich nicht, weil ich aus irgendeinem dämlichen Grund immer noch das Gefühl habe, dass Holly mir die Wahrheit gesagt hat. Und es erklärt auch, was in letzter Zeit mit mir los war: Ich konnte die Gefühle anderer Menschen lesen, weil ich eine Empathin bin. Und ich bin eine Empathin, weil ich eine Hexe bin.

Ich klicke Ellies Nachricht weg. Ich kann jetzt nicht mir ihr skypen. Ich kann gar nichts tun, solange ich nicht noch mal mit Holly gesprochen habe. Ich schicke ihr schnell eine Nachricht.

Können wir uns treffen?

Holly antwortet sofort, so als hätte sie schon darauf gewartet, von mir zu hören.

Ja klar. Wann? Wo? x

An der Kreuzung. In 15 Min xoxo

Ich hüpfe aus dem Bett und schlüpfe in einen Kapuzenpulli und eine Jeans. Unten kann ich Tante Clara in der Küche werkeln hören. Sie bereitet sich auf den verkaufsoffenen Sonntag vor. Ich wasche mir schnell das Gesicht, putze mir die Zähne und gehe nach unten. Tante Clara steht vor dem Toaster, einen Teller und ein Messer in der Hand.

»Du bist aber schon früh wach«, sagt sie, als ich in die Küche komme.

»Ja, ich muss nur kurz weg.«

Tante Clara schaut auf die Uhr. »Um diese Zeit? Warum das denn?«

»Ich will mit Eve ein paar Weihnachtseinkäufe erledigen. Wir haben ausgemacht, dass wir uns zuerst bei ihr zu Hause treffen.« Ich gebe mir alle Mühe, nicht rot anzulaufen, versage aber kläglich. Ich wende mich ab und tue so, als müsste ich an einem meiner Stiefel herumfummeln.

»Oh.« Tante Clara klingt richtig enttäuscht. Mein Herz beginnt zu hämmern. Weiß sie, dass ich sie anlüge?

»Ich wollte dich eigentlich fragen, ob du Lust hast, dir im Laden heute ein bisschen Taschengeld dazuzuverdienen«, fährt Tante Clara fort und ich seufze erleichtert. »Ich vermute, dass heute ziemlich viel los sein wird. Schließlich ist es das letzte Wochenende vor Weihnachten.«

»Ich kann dir später gerne helfen«, erwidere ich und gehe zur Tür. »Ich bin bald wieder da.«

»Und was ist mit Frühstück?«

»Ich hole mir unterwegs was.«

Als ich auf die Hauptstraße hinaustrete, stammen die einzigen anderen Lebenszeichen von ein paar Ladenbesitzern, die ihre Geschäfte aufschließen. Der Himmel ist kreideweiß. Halb gehe, halb jogge ich bis zur Kreuzung.

Holly wartet schon auf mich, mit zwei Pappbechern in der Hand.

»Heiße Schokolade?«, bietet sie mir an und streckt mir einen der Becher hin. »Ich hab sie im Zimt & Zucker geholt. Ich dachte, wo wir gestern Abend nicht mehr dazugekommen sind …« Sie lächelt mich entschuldigend an.

Ich nehme ihr den Becher mit beiden Händen ab, um mich daran zu wärmen. Ich schaue Holly eine Sekunde lang an und warte darauf, dass sie mir erklärt, dass das Ganze gestern doch nur ein alberner Scherz war. Aber das tut sie nicht. Sie blickt nur auf den Boden hinunter, als sei sie verlegen oder traurig. Oder beides.

»Wo willst du hingehen?«, fragt sie schließlich leise.

Ich seufze. Für diese Unterhaltung müssen wir irgendwohin, wo wir unsere Ruhe haben und uns niemand belauschen kann – irgendwo, wo ich mich sicher fühle. Ich denke sofort an die alte Eiche. »Komm mit.«

Ich führe Holly über die Hauptstraße und zu dem alten Fußweg in den Wald. Die Erde ist hart gefroren und das herabgefallene Laub glitzert vom Frost. Als ich den Baum sehe, fühle ich mich sofort ein bisschen besser. »Ich habe diesen Platz an meinem ersten Tag hier gefunden«, erkläre ich Holly und zeige ihr die Nische zwischen den Wurzeln. Wir setzen uns. Ich starre auf meine heiße Schokolade. »Das gestern Abend war kein Scherz, oder?«

»Nein«, antwortet Holly leise.

»Kannst du mir noch mehr erzählen? Du weißt schon, darüber, eine …« Ich kann mich noch nicht mal dazu überwinden, es auszusprechen. Es klingt einfach zu verrückt.

»Klar. Aber so viel weiß ich auch nicht, wenn ich ehrlich bin. Wie schon gesagt, ich habe es selbst erst vor ein paar Monaten herausgefunden.«

»Und wie?«

»Na ja, zunächst mal war ich immer total statisch aufgeladen, wenn ich mit irgendetwas Elektrischem in Berührung kam. Und wenn ich versucht habe, das Programm zu wechseln, hat sich der Fernseher immer ausgemacht. Das war echt total nervig! Und dann habe ich irgendwann die Kaffeemaschine in die Luft gejagt – der Kaffee ist in alle Richtungen geschossen.« Sie lacht. »Es sah richtig cool aus, wie ein Kaffee-Vulkan. Mum fand es allerdings nicht besonders komisch, als sie nach Hause kam. Der Kaffee ist sogar bis an die Decke gespritzt!«

»Aber warum bist du auf die Idee gekommen, du könntest eine Hexe sein?«

»Wegen meiner Großmutter.«

Ich schaue sie fragend an.

»Als ich noch klein war, hatte ich eine sehr enge Beziehung zu Grandma. Sie hat sich um mich gekümmert, wenn meine Eltern nicht da waren. Sie hat immer so komische Sachen zu mir gesagt, die damals nicht wirklich Sinn ergeben haben.«

»Was denn zum Beispiel?«

»Zum Beispiel: ›Du und ich sind nicht wie andere Menschen, Holly. Eines Tages wirst du das verstehen.‹ Als ich sie gefragt habe, was sie damit meint, hat sie gesagt, dass sie es mir an meinem dreizehnten Geburtstag erklären wird.« Holly lässt den Blick traurig auf ihren Schoß sinken. »Aber sie hat nie die Chance dazu bekommen. Sie ist gestorben, als ich zwölf war.«

»Aber warum sollte das bedeuten, dass du eine Hexe bist? Sie hätte doch auch von etwas ganz anderem sprechen können, zum Beispiel … zum Beispiel über eure Persönlichkeit oder so.«

Holly schüttelt den Kopf. »Nein, da steckte auf jeden Fall mehr dahinter als nur das. Sie hat mir andauernd Geschichten über die Hexen von Fairhollow erzählt, als ich klein war. Aber ich habe immer geglaubt, dass sie genau das sind: einfach nur Geschichten. Jetzt weiß ich aber, dass sie versucht hat, mich vorzubereiten. Ich hätte ihr besser zuhören sollen. Sie hat mir von den verschiedenen speziellen Kräften erzählt, aber an die meisten kann ich mich gar nicht mehr erinnern. Ich weiß nur noch, dass es Empathinnen gibt. Und ich bin mir ziemlich sicher, dass Grandma eine Wetterlenkerin war.«

»Eine Wetterlenkerin? Was bedeutet das denn?«

»Das ist eine Hexe, die das Wetter kontrollieren kann. Einmal, als es an meinem Geburtstag richtig stark geregnet hat, hat sie dieses kurze Gedicht aufgesagt, und plötzlich kam die Sonne heraus, innerhalb von einer Sekunde.«

»Ernsthaft?«

»Ja.« Holly blickt nun ziemlich finster drein. »Ich wünschte, ich hätte auch diese Kraft, anstatt ständig elektrische Geräte in die Luft zu jagen. Aber wie ich mich kenne, würde ich als Wetterlenkerin wahrscheinlich andauernd nur Wirbelstürme heraufbeschwören.«

Mit einem Mal fühle ich mich furchtbar traurig. Genauso traurig, wie Holly aussieht. So als würde ihre Traurigkeit im Boden unter ihr versickern und wieder durch mich hinaufwandern. *So* ist das also, wenn man eine Empathin ist.

Ich rutsche näher zu ihr heran. »Kannst du versuchen, an etwas zu denken, das dich richtig glücklich macht?«

Holly runzelt die Stirn. »Okay.« Sie schließt die Augen und langsam taucht ein Lächeln auf ihrem Gesicht auf.

Mich erfüllt ein warmes, glückliches Glühen. Es fühlt sich an, als sei die Sonne über uns durch die Wolken gebrochen. »Ich kann es spüren«, flüstere ich.

Holly macht die Augen auf und starrt mich an. »Ehrlich?«

»Woran hast du gedacht?«

»An all die Bücher, die ich zu Weihnachten bekommen werde.«

Wir lachen beide.

»Versuchen wir's noch mal«, schlägt Holly vor und sieht schon wieder viel fröhlicher aus. »Aber diesmal sage ich dir nicht, was ich fühle.«

»Okay.«

Wir machen beide die Augen zu. Ein paar Augenblicke lang fühle ich gar nichts, aber dann spüre ich, wie ein Gefühl der Angst durch meinen Körper kriecht. Ich reiße die Augen wieder auf. »Oh, das war ja schrecklich.«

Holly schaut mich aufgeregt an. »Was hast du gespürt?«

»Es war, als hätte ich vor irgendetwas furchtbare Angst. Woran hast du denn gedacht?«

Holly grinst. »An meine Physikhausaufgaben.«

Wir müssen beide wieder lachen und in mir keimt ein winziger Funken Hoffnung auf. Vielleicht ist es ja doch gar nicht so schlimm, eine Empathin zu sein. Wenigstens weiß ich jetzt, was meine seltsamen Stimmungsschwankungen verursacht. Vielleicht finde ich ja einen Weg, sie zu kontrollieren. Doch dann taucht eine andere Frage in meinem Kopf auf.

»Aber warum habe ich überhaupt diese spezielle Gabe?«

Holly sieht mich sehr ernst an. »Wegen deiner Mum.«

»Ja, aber …«

»Das ist vererblich.«

»Willst du damit sagen, dass meine Mum eine Hexe war?«

Holly schüttelt den Kopf. »Nicht unbedingt. Meine ist auch keine. Sie denkt, diese ganze Geschichte von den ›Hexen von Fairhollow‹ sei nur ein altes Volksmärchen. Aber deine Großmutter war vielleicht eine Hexe – oder deine Urgroßmutter.«

Meine Großmutter ist gestorben, bevor ich auf die Welt kam. Ich stelle mir vor, wie ich Tante Clara beim Abendessen gegenübersitze und ganz beiläufig frage: »Hey, war deine Mum eine Hexe?« Bei dem Gedanken muss ich grinsen.

»Was ist denn so lustig?«

»Das hier – das ist alles so verrückt.«

Holly seufzt. »Das kannst du laut sagen.«

»Dann sind meine Kräfte also durch meinen Umzug nach Fairhollow erwacht?«

Holly nickt. »Ich denke schon.«

»Und was sollen wir jetzt tun? Ich meine, es ist ja nicht so, dass wir jemandem davon erzählen könnten, oder? Wir können wohl kaum eine Facebook-Gruppe gründen.«

Ich lache, aber Holly sieht mich todernst an. »Wir müssen uns entscheiden.«

»Uns entscheiden?«

»Ob wir Silberhexen oder Bluthexen sein wollen.«

Ich sehe sie stirnrunzelnd an. »Was ist denn der Unterschied?«

»Silberhexen setzen ihre Kräfte ein, um Menschen zu helfen und Gutes zu tun.«

»Und Bluthexen?«

»Bluthexen sind schrecklich.« Holly erschaudert richtig, und ich spüre eine Welle der Angst, viel stärker als vorhin, als sie an ihre Physikhausaufgaben gedacht hat. Ich wickle meinen Mantel enger um mich. Holly sieht mich mit großen Augen an. »Ehrlich, sie sind so grauenvoll, dass ich mich ihnen niemals anschließen würde.«

»Aber woher weißt du denn, wie sie sind? Du hast ja schließlich noch nie eine getroffen.« Ich schaue sie an. »Oder doch?«

Holly nickt. »Oh doch.«

Das Gefühl der Angst breitet sich immer weiter in mir aus und mir kommt eine schreckliche Erkenntnis. »Habe ich … habe ich sie auch schon getroffen?«

Holly nickt.

»Izzy und Vivien?«

»Ja. Und Ben.«

Jetzt bin ich mir sicher, dass ich nicht nur Hollys Angst spüre, sondern auch meine eigene.

»Sie haben versucht, mich dazu zu bringen, mich ihnen anzuschließen. Aber ich habe mich geweigert«, erklärt Holly. »Ich könnte meine Kräfte niemals dafür einsetzen, Menschen wehzutun, so wie sie es machen.«

»Ich auch nicht.«

Wir schauen einander an.

»Dann willst du auch eine Silberhexe sein?«

»Ja. Natürlich.«

Holly hakt sich bei mir ein. »Oh, ich bin so froh, dass du jetzt hier bist. Vorher war alles so schrecklich. Weil ich die Einzige war und so.«

»Das kann ich mir gut vorstellen.« Ich sehe sie an. »Aber woher weißt du denn, dass du die einzige Silberhexe bist? Hier muss es doch bestimmt noch andere geben.«

»Bestimmt, aber bisher habe ich sie noch nicht gespürt – nur dich.«

Einen Moment lang sitzen wir schweigend da. Dann verkündet das Piepsen meines Handys eine neue Nachricht. Sie ist von Tante Clara.

Danny hat sich krankgemeldet. Kannst
du bitte sofort kommen und mir im Laden
helfen? Danke dir, Tante Clara

Ich rapple mich auf. »Tut mir wirklich leid, aber ich muss los.«

Holly runzelt die Stirn. »Warum?«

»Meine Tante will schon wieder, dass ich ihr im Laden aushelfe.«

Holly steht ebenfalls auf und sieht mich sorgenvoll an. »Warte. Ist denn alles okay bei dir? Du weißt schon, wegen dieser ganzen Sache?«

»Ja. Jedenfalls mehr oder weniger. Es ist zwar alles ein bisschen viel auf einmal, aber ich bin wirklich froh, dass ich mit dir über alles reden kann.«

»Ich auch.« Holly nimmt mich in den Arm. »Ich kann nicht glauben, dass ich dich wirklich erst nach Weihnachten wiedersehe.«

Ich schaue sie erschrocken an. »Dein Urlaub!« Bei dem ganzen Drama in den letzten vierundzwanzig Stunden habe ich völlig vergessen, dass Holly über die Weihnachtsfeiertage mit ihren Eltern verreist. »Wann kommst du denn wieder zurück?«

Holly seufzt. »An Silvester. Das wird das längste Weihnachten aller Zeiten.«

»Das musst du mir nicht sagen.«

»Ruf mich einfach an oder schick mir eine Nachricht, wenn du reden willst. Ich weiß noch, dass ich selbst fast ausgeflippt bin, als ich es herausgefunden habe.«

Ich nicke. »Mach ich.« Ich blicke an der Eiche empor. Ihre mächtigen Äste wiegen sich leicht hin und her, so als würde sie mir zuwinken.

Holly nimmt meine Hände. »Silber für immer?«

Ich nicke. »Silber für immer.« Ein Kribbeln jagt mir über den Rücken. Es ist dasselbe Gefühl, das ich hatte, als ich Izzy und die anderen vor der Turnhalle zur Rede gestellt habe:

ein Gefühl echter Stärke. Obwohl mich diese ganze Sache eigentlich total aus der Bahn werfen sollte, fühle ich mich mit einem Mal richtig gut. Ich schaue Holly an und lächle.

Das Paper Soul ist proppenvoll, als ich wieder zurückkomme. Die Kunden wuseln zwischen den Bücherregalen hin und her und im Café sind alle Tische belegt. Tante Clara steht hinter der Theke und sieht supergestresst aus.

»Nessa!«, ruft sie sofort, als sie mich entdeckt. »Tausend Dank, dass du gleich gekommen bist. Ich hoffe, Eve war nicht sauer auf dich.«

»Was? Oh nein, sie versteht das natürlich.« Ich schlüpfe zu ihr hinter die Theke.

»Tut mir wirklich leid, dass ich dir das antue«, entschuldigt sich Tante Clara. »Aber ich habe auch gute Neuigkeiten für dich: Deine Freundin Ellie hat angerufen, als du unterwegs warst. Sie wollte wissen, ob sie dich besuchen kommen kann.«

Ich starre sie erschrocken an. »Und was hast du gesagt?«

Tante Clara strahlt. »Ich habe ihr natürlich gesagt, dass sie jederzeit willkommen ist.«

Ich bin zwar unglaublich glücklich, aber auch ein wenig besorgt. Wie soll ich Ellie jemals sagen, was passiert ist, seit ich hierhergekommen bin? Sie wird vermutlich glauben, ich sei verrückt geworden.

»War das okay?«, fragt Tante Clara. Ich nehme an, dass sie mein Stirnrunzeln bemerkt hat.

»Ja, ja, natürlich. Das ist toll. Wann kommt sie denn?«

»An Silvester.« Tante Clara lässt die Rechnung eines Kunden aus der Registrierkasse. »Dann kann sie direkt zur Party im Paper Soul kommen.«

Ich sehe sie verblüfft an. »Du feierst eine Silvesterparty?«

»Ja, das mache ich jedes Jahr.«

Ich bin wirklich überrascht. Tante Clara wirkt viel zu angespannt und ganz und gar nicht wie ein Partytier. Aber vielleicht ist sie ja auch nur so angespannt, seit ich hier bin. Sie durchbohrt mich mit einem ihrer Röntgenblicke und ich arrangiere meine Gesichtszüge schnell zu einem Lächeln um. »Das klingt wirklich cool.«

Tante Clara schickt mich zum Aufräumen zu den Bücherregalen hinüber. Während ich mich durch die Astrologie-Abteilung arbeite, kommt mir ein Geistesblitz. Vielleicht gibt's im Paper Soul ja auch eine Abteilung über Hexen. Vielleicht kann mir ein Buch ja dabei helfen, die Fragen zu beantworten, die mir ständig im Kopf herumhuschen.

Ich schlängle mich suchend zwischen den Kunden hindurch, finde jedoch nichts. Ich will gerade aufgeben, als mich eine Kundin bittet, ihr ein Buch aus dem obersten Regalfach zu holen. Ich schnappe mir die Trittleiter und greife nach dem Buch. Dabei fällt mir ein kleines handgeschriebenes Schild am nächsten Regal auf, auf dem *HEXEREI* steht.

Ich reiche der Kundin das gewünschte Buch, blicke dann zu dem Regal zurück und verspüre ein aufgeregtes Kribbeln.

»Nessa!«, ruft mich Tante Clara über das Gemurmel im Laden hinweg.

Ich tue, als hätte ich sie nicht gehört, und lasse den Blick über die Titel schweifen. *Heilende Zaubersprüche, Wicca-Rituale, Die Geschichte der Hexerei.*

»Nessa!«, ruft Tante Clara erneut, diesmal so durchdringend, dass die Unterhaltungen im Café deutlich leiser werden.

Ich seufze und drehe mich zu ihr um.

»Kannst du bitte herkommen?«, fragt sie.

Ich steige von der Trittleiter und arbeite mich zur Theke durch.

»Was gibt's denn?«

»Du musst mir an der Kasse aushelfen.«

Ich stelle mich neben Tante Clara und spüre, wie Angst in mir hochsteigt. Ich weiß jedoch genau, dass es nicht meine eigene sein kann. Ich habe keinen Grund, Angst zu empfinden.

Ich beobachte, wie Tante Clara Kleingeld abzählt, und das Gefühl wird noch stärker. Es muss ihre Angst sein. Aber worüber macht sie sich nur solche Sorgen?

12

»Bist du sicher, dass es dir gut geht?«

Dad fragt mich das jedes Mal, wenn wir telefonieren, und jedes Mal antworte ich ihm dasselbe.

»Ja, Dad, ehrlich. Es geht mir gut.« Ich lehne mich auf meinem Stuhl hinter der Ladentheke zurück und nippe an meinem Ingwertee. Tante Clara war gestern Nacht noch lange wach und hat das Essen für die Silvesterparty vorbereitet, deshalb habe ich heute Morgen den Laden aufgemacht, damit sie ein bisschen ausschlafen kann. Doch wie es scheint, schläft sich auch der Rest von Fairhollow heute mal so richtig aus – ich habe noch keinen einzigen Kunden gesehen.

»Tut mir wirklich leid, dass ich über die Weihnachtsferien nicht freinehmen konnte«, sagt Dad. Seine Stimme klingt weit entfernt und ein wenig gedämpft.

»Schon okay«, versichere ich ihm und es ist sogar nur halb gelogen. Tatsächlich war es ganz gut, an Weihnachten ein bisschen Zeit für mich allein zu haben und alles zu verarbeiten, was passiert ist. Denn eins ist sicher: Dad könnte ich das niemals erzählen.

»Dann hattest du eine schöne Zeit mit Tante Clara?«, fragt

Dad ungefähr zum dritten Mal während dieser Unterhaltung und zum zehnten Mal seit Weihnachten.

»Ja, es war toll.« Und auch das ist nicht wirklich gelogen. Weihnachten mit Tante Clara war vollkommen anders als ein typisches Weihnachten. Es gab kein Familientreffen, keine Weihnachtslieder und natürlich auch keinen Truthahn.

Aber das war okay. Ich bin ohnehin daran gewöhnt, dass Dad und ich an Weihnachten alleine sind, und das Abendessen war sogar ganz lecker. Tante Clara hat einen Nussbraten mit würziger Soße gemacht – was nicht mal annähernd so ekelhaft war, wie es klingt – und dazu leckere Bratkartoffeln. Zum Nachtisch gab es veganen Pudding. Nach dem Schock mit den Rote-Bete-Brownies habe ich mich zwar nicht getraut, sie zu fragen, was drin ist, aber er hat wirklich gut geschmeckt. Und seitdem wir ein paar Tage miteinander verbringen konnten, nur wir beide, scheint Tante Clara mir gegenüber auch viel entspannter zu sein.

»Das ist schön«, sagt Dad. »Und wann kommt Ellie an?«

Ich schaue auf die Uhr, die im Café an der Wand hängt. »Jeden Moment. Ich bin schon ganz aufgeregt.«

Dad lacht. »Deine Tante Clara wird gar nicht wissen, wie ihr geschieht. Das Gekicher! Der Lärm!«

»Ich habe keine Ahnung, was du meinst«, erwidere ich mit gespielter Empörung.

Im selben Moment läutet die Klingel über der Ladentür. Ich blicke auf, sehe jedoch niemanden. »Ich muss auflegen, Dad. Ich glaube, wir haben Kundschaft.«

»Okay, Schatz. Dann frohes neues Jahr. Und viel Spaß mit Ellie.«

»Danke, Dad. Hab dich lieb.«

»Hab dich auch lieb.«

Ich schlüpfe hinter der Theke hervor und gehe durch das Café in den Laden. Ich überprüfe sämtliche Büchernischen, aber sie sind alle leer.

»Hallo?«, rufe ich.

Keine Antwort. Vielleicht ist ja jemand hereingekommen und gleich wieder hinausgegangen. Er muss allerdings ziemlich schnell gewesen sein, wenn ich ihn gar nicht gesehen habe. Ich will gerade wieder zur Theke zurückgehen, als ich auf dem Boden neben der Ladentür etwas entdecke. Etwas Schwarzes. Mein Herz fängt wie wild an zu pochen. Es kann auf keinen Fall das sein, was ich denke.

Aber das ist es. Auf der Fußmatte liegt eine tote Amsel. Ihr oranger Schnabel zeigt hoch in die Luft. Mir bricht am ganzen Körper eiskalter Schweiß aus. Jemand muss sie hier abgelegt haben. Aber wer? Und warum? Neben dem Vogel liegt ein Stück Papier. Ich gehe in die Hocke und hebe es auf. Mir dreht sich der Magen um.

»*Frohes neues Jahr, Nessa!*«, hat jemand in roter Tinte daraufgeschrieben. Die schwungvollen Bögen der Handschrift kommen mir irgendwie bekannt vor. Mir fällt die Nachricht an meinem Spind wieder ein. Izzy! Aber wie konnte sie den Vogel hier ablegen, ohne dass ich es bemerke?

Ich lasse mich auf die Fersen sinken und mir wird vor Angst ganz übel. In den letzten paar Tagen mit Tante Clara habe ich wie in einer Blase gelebt. Diese Tage haben mir die Möglichkeit gegeben, all die schrecklichen Dinge, die kürzlich geschehen sind, in die hinterste Ecke meines Gedächtnisses zu verdrängen. Aber jetzt ist diese Blase mit einem lauten Knall zerplatzt.

Ich spüre, wie Panik in mir aufsteigt. Ich muss verhindern,

dass Tante Clara den Vogel sieht. Ich muss ihn schnellstens loswerden.

Ich renne hinter die Theke, schnappe mir eine Plastiktüte und ziehe sie mir wie einen riesigen Handschuh über. Doch genau in dem Moment, als ich den Vogel einsammeln will, läutet die Glocke erneut und die Ladentür fliegt auf. Ich beiße mir auf die Unterlippe, um nicht laut zu schreien.

»Nessa!«

Ich lasse den Vogel und die Tüte fallen und springe auf. Ellie steht in der Tür und grinst mich wie eine Irre an.

»Ich kann nicht glauben, dass ich tatsächlich hier bin!«, kreischt sie. »Es ist so schön, dich zu sehen. Ich hab dich so sehr vermisst! Oh mein Gott – was ist das denn?«

Ich folge Ellies Blick. Die dürren Beinchen des Vogels ragen unter der Tüte hervor. Ich gehe schnell wieder in die Hocke und sammle ihn auf. »Das ist … Den hat eben jemand hier abgelegt. Ich habe versucht, ihn wegzuschaffen.«

Ellie hockt sich neben mich und starrt mich voller Entsetzen an. »Was? Wer denn?« Ihr Blick fällt auf die Nachricht. »Was hat das zu bedeuten, Nessa?« Ellies graue Augen weiten sich voller Sorge. »Warum sollte jemand nur so etwas tun?«

»Ich wurde von ein paar ziemlich fiesen Tyrannen in meiner Klasse ein bisschen gemobbt.« Ich zerknülle die Nachricht und stopfe sie zu dem Vogel in die Tüte.

Ellie schüttelt ungläubig den Kopf. »Mit Mobbing hat das nichts mehr zu tun. Das ist … krank.«

»Ich weiß.« Ich mache einen Knoten in die Tüte und ziehe ihn so fest zusammen, wie ich kann.

»Hast du deiner Tante davon erzählt?«, will Ellie wissen, als wir wieder aufstehen.

Ich schüttle den Kopf. »Nein. Es ist schon okay, ich komme damit klar.«

»Oh Nessa. Du hättest es mir sagen sollen.« Ellies Augen füllen sich mit Tränen, und ich spüre, wie eine Welle des Kummers von ihr zu mir herüberschwappt.

»Ehrlich, mir geht's gut.« Ich lächle schwach.

Ellie runzelt die Stirn. »Du solltest dich aber nicht mit so etwas herumschlagen müssen.« Sie schaut mich einen Moment lang an und zieht mich dann in eine Umarmung. Ihr Haar riecht nach ihrem typischen Kokos-Shampoo und erinnert mich an all die Male, die ich bei ihr übernachtet habe oder mit ihr schwimmen war – an glücklichere, einfachere Zeiten. Ich blinzle die Tränen weg.

»So schlimm ist das alles gar nicht, ehrlich«, versichere ich ihr. »Ich habe eine wirklich gute Freundin gefunden, Holly. Du weißt schon, von der ich dir erzählt habe?«

Ellie nickt. Dann blickt sie auf die Tüte hinunter. »Und was willst du jetzt damit machen?«, fragt sie mit einem vorsichtigen Flüstern.

»Keine Ahnung.« Wir schauen einander an, und es ist genau wie damals, als wir beim Zettelaustauschen in Mathe erwischt und ins Büro des Rektors geschickt wurden. Obwohl es mir total unpassend vorkommt, verspüre ich den furchtbaren Drang, laut loszulachen.

Ellie fühlt sich ganz offensichtlich genauso, denn sie beißt sich angestrengt auf die Unterlippe, wie sie es immer tut, wenn sie versucht, nicht zu kichern. »Tut mir leid«, presst sie hervor, »ich weiß, dass das überhaupt nicht lustig ist, aber …«

Und das reicht vollkommen, damit ich die Beherrschung

verliere. »Willkommen in meinem neuen Leben, Ells«, quietsche ich und gestikuliere Richtung Tüte. »Willkommen im wunderschönen Fairhollow, wo sich die Menschen als Neujahrsgruß tote Amseln schicken.«

Wir klammern uns lachend aneinander fest. »Ich bin so froh, dich zu sehen«, füge ich hinzu.

»Das glaub ich gern«, erwidert sie und zeigt auf die Tüte, was uns beide gleich wieder zum Prusten bringt.

»Na hallo. Du musst wohl Ellie sein.« Wir erschrecken, als wir Tante Claras Stimme hören. Sie steht hinter der Theke und lächelt uns an. Ich kicke die Tüte schnell hinter Ellies Koffer.

»Ja. Tante Clara, das ist Ellie. Ellie, das ist meine Tante Clara.«

»Hallo«, ruft Ellie ihr zu.

»Schön, dich kennenzulernen«, sagt Tante Clara. »Und schön, dass Nessa so glücklich aussieht.« Sie strahlt mich an, und ich spüre, wie warme Wellen der Erleichterung von ihr durch den Laden auf mich zuströmen. »Ihr müsst einander ja sehr vermisst haben.«

Wir nicken beide.

»Warum bringst du Ellies Sachen nicht rauf in dein Zimmer, Nessa? Und danach könntest du ihr die Stadt zeigen.«

»Bist du sicher, dass du keine Hilfe im Laden brauchst?«

Tante Clara schüttelt den Kopf. »Ich komme zurecht. Danny wird bald hier sein und mir bei den Vorbereitungen für die Party helfen.«

Im selben Moment piepst mein Handy. Es ist eine Nachricht von Holly.

Hey! Ich bin wieder da! Willst du Schlitten fahren gehen? Hxx

Tante Clara und Ellie schauen mich erwartungsvoll an.

»Das ist Eve«, sage ich mit errötenden Wangen.

»Eve?« Ellie wirft mir einen fragenden Blick zu.

Meine Wangen glühen noch heißer. Offensichtlich habe ich Eves Namen Ellie gegenüber noch nie erwähnt. »Ja, sie ist eine Freundin aus der Schule.«

Ellie sieht verwirrt aus. »Oh. Aber ich dachte –«

»Sie will wissen, ob wir Lust haben, mit ihr Schlitten fahren zu gehen«, unterbreche ich Ellie, bevor sie vor Tante Clara Hollys Namen aussprechen kann.

»Ooh, das wäre toll!«, kreischt Ellie.

»Ihr könnt euch meinen alten Schlitten ausleihen«, bietet Tante Clara uns mit einem Grinsen an. »Ich muss ihn nur aus dem Lager holen.«

Ich stoße einen riesigen Seufzer der Erleichterung aus und nehme mir vor, Ellie so schnell wie möglich von Tante Claras seltsamem Problem mit Holly zu erzählen.

Nachdem wir Ellies Koffer nach oben geschafft haben, kramt Tante Clara ihren alten Schlitten für uns hervor und kocht uns eine Thermosflasche mit Ingwertee. Irgendwie gelingt es mir, die Tüte mit dem Vogel vor ihr zu verstecken, bis wir aus der Tür sind.

»Was willst du denn jetzt damit machen?«, fragt Ellie, während wir die Hauptstraße hinuntertrotten.

In der Nacht ist frischer Schnee gefallen, und die ganze Stadt liegt unter einer Decke aus Weiß, die golden im Sonnenschein glänzt.

»Ihn begraben, denke ich.«

Ich beschließe, den Vogel an der alten Eiche zu beerdigen. Ich will gar nicht darüber nachdenken, wie er gestorben ist.

Aber wenigstens kann ich dafür sorgen, dass er an einem friedlichen Ort begraben wird.

Ich wähle eine Stelle ein paar Meter von dem Baum entfernt. Mit einem Löffel, den ich mir im Café heimlich in die Tasche gesteckt habe, versuche ich, ein Loch zu graben. Aber der Boden ist total gefroren. Ich spüre, wie Panik in mir aufsteigt. Ich schaue zu Ellie hinüber und versuche aufzuschnappen, ob sie irgendwelche negativen Gefühle hat. Aber alles, was ich spüre, ist eine seltsame Mischung aus Freude und Besorgnis.

Sie lächelt mich an. »Es ist so schön, dich zu sehen, Nessa.«

Ich lächle zurück und versuche, nicht darüber nachzudenken, wie eigenartig das alles ist. »Dich auch.«

»Und ich bin so froh, dass du Eve und Holly hast …« Sie zieht die Wollmütze tiefer über ihre blonden Locken. »Auch wenn mich der Gedanke, dass du andere Freundinnen hast, ein bisschen traurig macht.«

Ich senke den Blick. »Mich macht es auch ein bisschen traurig, wenn ich an dich und Helen denke.«

»Ehrlich?«

Ich nicke. »Aber ich muss dir noch was sagen, das ein bisschen peinlich ist … Aber, hey, ich versuche gerade erfolglos, einen toten Vogel zu begraben – eigentlich sollte mir wohl nichts mehr peinlich sein.« Ich hole tief Luft und schaue Ellie wieder an. »Ich habe hier nur *eine* neue Freundin. Es war Holly, die mir vorhin die Nachricht geschickt hat. Aber ich musste so tun, als sei sie von Eve, weil Tante Clara Holly nicht mag.«

Ellie runzelt die Stirn. »Was? Warum denn nicht?«

»Weil sie denkt, dass Holly nur Ärger bedeutet. Aber das stimmt nicht, ehrlich. Du wirst sie ganz bestimmt mögen.«

Ellie lächelt und schüttelt den Kopf. »Wow, es war für dich ganz offensichtlich nicht langweilig, seit du hierher gezogen bist.«

Ich lache. »Das kannst du laut sagen.«

Ellie hockt sich neben mich. Ich gebe meine Bemühungen auf und grabe einfach ein kleines Loch in einen Schneehaufen neben mir. Ich lege die Amsel sanft hinein und decke dann wieder Schnee darüber. »Ich muss gestehen, als ich mir vorgestellt habe, wie ich dich hier oben besuchen komme und was wir alles zusammen unternehmen, habe ich niemals – wirklich nicht eine Sekunde lang – gedacht, dass wir einen Vogel beerdigen würden.«

Wir schauen einander an und lachen wieder.

Dann blicke ich auf den Vogel hinunter. »Denkst du, wir sollten irgendetwas sagen?«

»Ja«, antwortet Ellie leise.

Ich sage das Erste, was mir in den Sinn kommt. »Auf Wiedersehen. Ich hoffe, du hast es hier schön friedlich.«

»Ja«, fügt Ellie hinzu. »Ruhe in Frieden, kleiner Vogel.«

Ich schlucke schwer, um nicht loszuheulen. »Ellie?«

»Ja?«

»Ich bin so froh, dass du da bist.«

Ellie nimmt meine Hand und hält sie ganz fest. »Ich auch.«

13

Zwei Dinge überraschen mich an Tante Claras Silvesterparty: Das Erste – und Offensichtlichste – ist die Tatsache, dass sie überhaupt eine Party feiert. Das Zweite ist, dass so viele Leute gekommen sind.

Um elf Uhr drängen sich die Gäste auch in der letzten Nische des Buchladens, lachen fröhlich und trinken Glühwein. Es kommt mir vor, als sei die ganze Stadt aufgetaucht – die ganze Stadt außer Holly. Als Ellie und ich uns am Nachmittag mit Holly zum Schlittenfahren getroffen haben, habe ich sie eingeladen, obwohl Tante Clara niemals damit einverstanden gewesen wäre. Es kam mir einfach so gemein vor, es nicht zu tun.

Sie hat die Einladung abgelehnt, aber anhand der Art, wie sie es getan hat – und wegen des Gefühls der Verlegenheit, das über mich hinwegströmte –, wusste ich, dass sie nur eine Ausrede erfindet. In dem Augenblick wurde mir klar, dass Holly wissen muss, was Tante Clara von ihr denkt. Danach habe ich mich nur noch schrecklicher gefühlt.

Ich schaue zu Tante Clara hinüber. Sie lacht und scherzt mit einem der Musiker aus der Band, die heute Abend im Laden spielt. Sie trägt ein smaragdgrünes Kleid, das wundervoll zu ihrem feuerroten Haar passt, und sieht glücklicher und entspannter aus, als ich sie je erlebt habe.

Mir wird ganz schwer ums Herz. Es muss an mir gelegen haben, dass sie bisher immer so angespannt war. Ich wette, sie hat jeden Tag Partys gefeiert, bevor ich bei ihr eingezogen bin.

Ellie kommt zu mir, zwei Gläser mit Früchtepunsch in der Hand. Sie reicht mir eines davon und lächelt mich an.

Seit Ellie heute Morgen hier angekommen ist, bin ich im Kopf immer wieder dieselbe Unterhaltung durchgegangen, nur in verschiedenen Versionen. »*Stell dir vor, Ellie, ich hab herausgefunden, dass ich eine Hexe bin! Ja, genau, wie die, die auf Besenstielen reiten. Aber das ist noch nicht alles: Wie sich herausstellt, habe ich eine ganz spezielle Kraft. Ich kann spüren, was andere Menschen fühlen. Doch, ehrlich. Und weißt du noch, die Zicken aus der Schule, die mir den toten Vogel geschickt haben? Tja, die sind auch Hexen! Aber sie sind böse.*«

Ich seufze. Wie soll ich ihr das jemals erzählen? Sie wird mich doch für total plemplem halten.

»Hast du den Geigenspieler aus der Band gesehen?« Ellies Augen werden ganz weit. »Der ist absolut *me-ga-süß!*«

Ich schaue zum Cafébereich hinüber, wo die Band gerade ihren Auftritt vorbereitet. Der Junge mit der Geige sieht nicht viel älter aus als wir. Er hat welliges schwarzes Haar, trägt schwarze Stiefel, eine verblasste Jeans und ein Karohemd. Ellie hat recht: Selbst aus der Entfernung kann ich sehen, dass er echt süß ist.

Tante Clara schlägt mit einem Messer gegen ein Glas und wir verstummen alle. »Ich wollte mich nur kurz bei euch allen dafür bedanken, dass ihr heute Abend hergekommen seid«, sagt sie und blickt sich strahlend im Laden um. »Es ist so schön, euch hier zu sehen. Ich hoffe, ihr amüsiert euch gut. Und jetzt habe ich eine ganz besondere Überraschung für euch: Die Folkmusik-Band Blue Harbour wird heute Abend ein paar ihrer Songs für uns zum Besten geben, während wir auf Mitternacht und das neue Jahr warten.«

Tante Clara hebt ihr Glas in Richtung der Band und alle klatschen und jubeln. Plötzlich spüre ich ein Gefühl des Stolzes in mir anschwellen. Es ist richtig schön, ein Teil von all dem hier zu sein.

Während die Band zu spielen beginnt, bahne ich mir einen Weg durchs Café zur Toilette. Heute war ein guter Tag, obwohl er so grauenvoll angefangen hat. Ellie hier in Fairhollow zu sehen, hat mir klargemacht, dass sie doch gar nicht so weit entfernt ist, wie ich immer dachte. Es hat mir wieder Mut gegeben und mir gezeigt, dass unsere Freundschaft dieses Jahr locker überstehen kann. Tante Clara wirkt viel entspannter und Holly ist wieder aus dem Urlaub zurück. Eigentlich ist doch alles gar nicht so schlimm.

Als ich ins Café zurückkomme, spielt der Geiger gerade ein Solo. Sein Bogenarm bewegt sich so schnell, dass ich ihn nur verschwommen sehe. Ich bleibe stehen und beobachte ihn wie hypnotisiert. Sein Arm ist braun gebrannt und muskulös und ums Handgelenk trägt er ein schwarzes Freundschaftsarmband aus Leder. Es ist toll, wie sehr er mit den anderen Musikern, die leise im Hintergrund spielen, im Einklang ist. Am liebsten würde ich meine Gitarre holen und mich zu ihnen gesellen.

Dann endet das Solo und auch der Rest der Band spielt

wieder lauter. Der Junge erwischt mich dabei, wie ich ihn anstarre, und lächelt mir zu. Mein Gesicht läuft sofort glühend rot an. Ich wende schnell den Kopf ab und gehe zurück zu Ellie. Doch was ich dann sehe, lässt mir das Blut in den Adern gefrieren. Sie ist von Izzy, Vivien und Ben umringt. Izzy wirft den Kopf in den Nacken und lacht furchtbar schrill.

Ich eile zu ihnen hinüber und dränge rücksichtslos mehrere Leute aus dem Weg, aber das ist mir egal. Ich muss zu Ellie. Ich muss die drei von Ellie fernhalten.

»Oh, hey, Nessa«, säuselt Izzy, als ich sie schließlich erreiche. »Wir haben uns gerade mit deiner *reizenden* Freundin aus London unterhalten.«

»Das ist toll«, presse ich zwischen zusammengebissenen Zähnen hervor. »Ellie, würdest du mir bitte einen Gefallen tun? Könntest du nach oben gehen und meine Gitarre aus meinem Zimmer holen? Tante Clara hat mich gebeten, etwas im Laden zu erledigen.«

»Klar.« Ellie wirft Izzy und den anderen einen unsicheren Blick zu und verschwindet nach oben.

»Was soll das werden?«, zische ich Izzy an, sobald Ellie weg ist.

»Ich bin nur freundlich«, erwidert Izzy. Sie hat dicken schwarzen Eyeliner und knallroten Lippenstift aufgetragen. Sie sieht aus wie eine richtig böse Porzellanpuppe. »Wir sind gerne freundlich, stimmt's?« Sie dreht sich zu Vivien und Ben um, die ihr grinsend zunicken.

»Ja, sind wird«, bestätigt Vivien. »Hast du unser kleines Geschenk heute Morgen bekommen?«

»Ja, habe ich.«

Izzys Lächeln erstirbt, und sie beugt sich ganz dicht zu mir, um mir ins Ohr zu flüstern: »Das Geschenk war eine Warnung. Wir wollen, dass du aus Fairhollow verschwindest – für immer.«

»Ach, wirklich?«, frage ich laut und unbeeindruckt.

»Ja, wirklich«, knurrt Izzy. »Du bist hier nicht willkommen.«

Die beiden anderen schieben sich ebenfalls auf mich zu, aber ich lasse mich nicht einschüchtern. Genau wie neulich vor dem Schulball fühle ich mich seltsam stark. Es ist, als hätte ich Wurzeln, die tief in den Boden reichen – wie bei der alten Eiche – und mir eine ganz besondere Stärke verleihen.

»Ich gehe nirgendwo hin«, fauche ich zurück. »Ihr macht mir keine Angst.«

Izzy starrt mich mit eisigen blauen Augen an. »Das werden wir noch sehen«, zischt sie, bevor sie auf dem Absatz kehrtmacht und zur Tür rauscht. Die beiden anderen folgen ihr.

»Ist alles in Ordnung? Wo sind sie denn hin?«

Ich drehe mich um, und Ellie steht direkt hinter mir, meine Gitarre in der Hand.

»Das ist mir egal«, antworte ich grimmig und nehme ihr die Gitarre ab. »Das sind die, die mir heute Morgen den toten Vogel geschickt haben.«

Ellie sieht völlig entsetzt aus und ein Gefühl der Angst wandert von ihr zu mir. »Oh mein Gott! Ich habe sie auf Anhieb nicht gemocht, aber wenn ich das gewusst hätte, dann hätte ich … dann hätte ich ihnen einen der veganen Hotdogs deiner Tante in den Mund gestopft!«

Ich muss lachen. »Warum bin ich nicht selbst auf die Idee gekommen?«

»Gehe ich recht in der Annahme, dass wir eine Gitarristin unter uns haben?«, fragt der Frontmann der Band in sein Mikrofon. Er schaut mich mit breitem Grinsen direkt an. Alle anderen Gäste drehen sich um und folgen seinem Blick.

»Ja«, ruft Ellie. »Und sie ist fantastisch!«

»Na, warum kommt sie dann nicht einfach zu uns auf die Bühne und spielt mit uns? Wir lieben fantastische Gitarristinnen, stimmt's, Leute?« Die anderen Bandmitglieder lachen und nicken eifrig. Der Junge mit der Geige grinst mich wieder an.

Ellie knufft mich mit ihrem Ellenbogen in die Seite. »Mach schon«, flüstert sie mir ins Ohr. »Dann kannst du mit Mister Absolut-mega-süß spielen.«

Ich sehe, wie mir auch Tante Clara hinter der Theke aufmunternd zunickt.

»Na schön«, sage ich schließlich mit einer eigenartigen Mischung aus Todesangst und Aufregung. Ich geselle mich zur Band, und obwohl ich nicht zu ihm schaue, bin ich mir hyperbewusst, dass der Junge mit der Geige direkt neben mir steht.

»Kennst du *Hey Jude* von den Beatles?«, fragt mich der Sänger.

Ich nicke und stoße innerlich einen Freudenschrei aus. *Hey Jude* ist eins der Lieblingslieder von meinem Dad. Ich habe es vor ein paar Jahren gelernt, damit ich es ihm an seinem Geburtstag vorspielen konnte.

»Prima.« Der Sänger lässt den Blick über die restlichen Bandmitglieder schweifen. »Bereit?«

»Bereit«, rufen sie zur Antwort und wir beginnen zu spielen.

Am Anfang fühle ich mich noch ein bisschen unbehaglich

und angespannt. Aber es dauert nicht lange, bis die Musik ihren üblichen Zauber versprüht und meine Finger nur so über die Gitarrensaiten fliegen. Mein Selbstvertrauen wächst stetig, und ich schaue mich im Raum um und sehe, dass alle mitsingen und klatschen.

Ellie steht neben Tante Clara und sie grinsen beide stolz. Während sich der Song dem Höhepunkt nähert, spüre ich gar nicht mehr, wo meine Gitarre anfängt und ich aufhöre – es ist, als seien wir beide komplett mit der Musik verschmolzen. Ich fühle mich so glücklich und lebendig, dass ich sogar den Mut aufbringe, den Jungen anzuschauen. Er sieht genau im selben Moment zu mir herüber. Als sich unsere Blicke treffen, wird mir ganz schwindelig. Das gleiche Gefühl kann ich auch bei ihm spüren.

Als das Lied zu Ende ist, schaut Tante Clara auf die Uhr an der Wand. »Es ist fast so weit!«, ruft sie.

Ich laufe schnell zu Ellie hinüber, die mich fest in den Arm nimmt. »Das war sensationell!«, kreischt sie. »*Du* warst sensationell!«

Ich drücke sie an mich und wir stimmen in den Neujahrscountdown ein.

»Zehn … neun …«

Ich frage mich, was dieses neue Jahr wohl für mich bereithält.

»Acht … sieben …«

Das letzte Jahr war einfach lausig. Dad ist nach Dubai gezogen und ich nach Fairhollow.

»Sechs … fünf … vier …«

Das nächste kann eigentlich nur besser werden, oder?

»Drei … zwei … eins …«

Ellie und ich hüpfen freudig auf und ab und nehmen einander immer wieder aufgeregt in den Arm. Eins weiß ich jedenfalls ganz sicher: Egal, was dieses neue Jahr mir auch bringt – dank meiner neu entdeckten Kräfte wird es ganz sicher nicht langweilig.

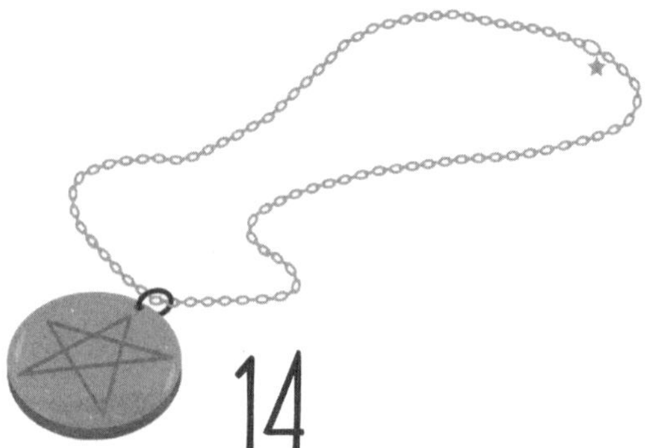

14

Als mein Wecker am ersten Schultag des neuen Jahres klingelt, ist mir ein bisschen flau im Magen. Gleichzeitig bin ich jedoch auch richtig aufgeregt.

Mir ist flau im Magen, weil ich in der Schule Izzy, Vivien und Ben wiedersehen muss. Aufgeregt bin ich, weil ich Holly jetzt endlich die eine Million und eine Fragen stellen kann, die sich inzwischen in meinem Kopf über Hexen angesammelt haben. Sie kamen mir einfach zu wichtig vor, um sie nur per Handynachricht oder am Telefon zu besprechen.

Dann fallen mir plötzlich die Bücher über Hexerei wieder ein, die ich vor Weihnachten im Laden entdeckt habe. Vielleicht könnte ich ja eines davon heute Morgen heimlich rausschmuggeln?

Ich schlüpfe in meinen Morgenmantel und schleiche mich zur Treppe. Von unten ist kein Lebenszeichen zu hören und auch Tante Claras Schlafzimmertür ist immer noch geschlossen. Auf Zehenspitzen tripple ich in den Laden hinunter, ziehe die Trittleiter in die Ecke und schnappe mir *Die Geschichte der Hexerei.* Ich will die Leiter gerade wieder zurückstellen, als sie mit lautem Scheppern in eins der Bücherregale kracht.

Ich erstarre vor Schreck und warte darauf, dass Tante Clara nach mir ruft, aber im Haus bleibt es vollkommen still. Ich stecke das Buch unter meinen Morgenmantel und husche wieder zurück nach oben.

»Was treibst du denn da?«

Tante Clara steht, ebenfalls im Morgenmantel, in ihrer Schlafzimmertür.

Ich muss jeden einzelnen Muskel in meinem Körper anspannen, um nicht laut zu schreien.

»Ich war nur … Ich dachte, ich hätte im Laden ein Geräusch gehört.« Ich fühle mich furchtbar schuldig, weil ich sie anlügen muss. Aber dann überkommt mich ein neues Gefühl: Misstrauen und Angst.

»Was für ein Geräusch?« Tante Clara blickt mich durchdringend an und das Gefühl des Misstrauens wird noch stärker. Es muss von ihr stammen.

»Irgendein Klappern. Aber es ist schon okay. Ich habe nachgesehen. Es ist niemand da.«

Meine Schuldgefühle und ihr Misstrauen schwappen in Wellen über mich hinweg. Langsam wird mir richtig übel. »Ich sollte mich jetzt besser für die Schule fertig machen, denke ich.«

Tante Clara erwidert nichts. Sie steht nur da und schaut mir nach, während ich in mein Zimmer hinaufgehe.

Ich stecke das Buch in meine Schultasche, lasse mich aufs Bett fallen und atme langsam und tief ein und aus, bis das Gefühl der Übelkeit wieder verebbt. Ich wünschte, es gäbe eine Möglichkeit, das Ganze zu kontrollieren. Irgendeinen Trick, mit dem ich die Gefühle anderer Menschen ausblenden kann, wenn ich nicht spüren möchte, was sie gerade empfinden. Es ist furchtbar zu wissen, dass Tante Clara mir gegenüber so misstrauisch ist.

Doch bevor ich mich davon noch mehr stressen lassen kann, piepst mein Handy mit einer neuen Nachricht. Sie ist von Holly.

Hey, willst du dich vor der Schule zum
Quatschen mit mir treffen? Hxx

Ich schreibe blitzschnell zurück.

Ja! Das wäre toll xoxo

Holly und ich treffen uns an der Kreuzung der Hauptstraße. Während ich darüber nachdenke, wie ich das Thema Hexen ansprechen soll, werde ich mit einem Mal ganz nervös. Es kommt mir vor, als sei der Abend des Schulballs schon Ewigkeiten her. Beinahe so, als hätte ich das alles nur geträumt.

Aber Holly nimmt mich zur Begrüßung fest in den Arm und ich fühle mich sofort entspannter. »Wie geht's dir?«, erkundigt sie sich.

»Ganz gut, glaube ich. Auch wenn ich ganz schön viel auf einmal in meinen Kopf kriegen muss. Es hat mir echt gefehlt, mit dir darüber reden zu können.«

Holly seufzt. »Mir auch! In Österreich war es ganz furchtbar. Ich konnte es dir nicht erzählen, als Ellie hier war, aber am letzten Tag hatte ich mit meinem Dad einen schrecklichen Streit darüber, was besser ist: die Harry-Potter-Bücher oder die Filme.« Sie ist mit einem Mal richtig entrüstet. »Er findet allen Ernstes, dass die Filme besser sind! Aber Filme sind nie besser als die Bücher, auf denen sie basieren. Niemals! Wie dem auch sei, ich war echt wütend auf ihn und habe den Skilift in die Luft gejagt.«

Ich starre sie an. »Was?«

Holly zuckt mit den Schultern. »Na ja, nicht direkt in die Luft gejagt. Es ist nur eine der Sicherungen durchgeknallt, genau in dem Moment, als ich richtig sauer auf ihn wurde. Deshalb weiß ich auch, dass es meine Schuld war.« Holly blickt sich traurig um. »Wir saßen stundenlang dort oben fest. Es war der reinste Albtraum. Wenn ich mich sonst mit meinen Eltern streite, endet es normalerweise damit, dass ich irgendwann wutentbrannt davonstürme. Aber in diesem Fall musste ich da oben die ganze Zeit schweigend neben Dad hocken, bis sie den Lift wieder zum Laufen gekriegt haben, was ewig gedauert hat. Ich wünschte einfach …« Sie unterbricht sich und wendet den Kopf ab.

»Was?«

»Ich wünschte, es gäbe eine Möglichkeit, das Ganze zu kontrollieren, verstehst du? Ich wünschte, Grandma wäre noch hier und könnte mir alles erklären.«

»Ja! Ich auch.« Ich greife in meine Tasche und ziehe das Buch heraus. »Das habe ich im Laden meiner Tante gefunden. Es ist zwar nicht deine Großmutter, aber ich dachte, es könnte uns vielleicht trotzdem helfen.«

»*Die Geschichte der Hexerei*«, liest Holly den Titel laut vor. »Na, einen Versuch ist es mit Sicherheit wert.«

Wir müssen allerdings nur kurz durch das Inhaltsverzeichnis blättern, um zu erkennen, dass uns das Buch keine große Hilfe sein wird. Darin steht nichts über die speziellen Kräfte, die wir besitzen, und auch Fairhollow wird mit keinem Wort erwähnt.

Ich seufze. Es ist so frustrierend.

»Keine Sorge«, sagt Holly und hakt sich bei mir unter, während wir auf die Einfahrt zur Schule zulaufen. »Irgendwo müssen wir schließlich mal irgendwas finden.«

Sobald ich das Klassenzimmer betrete und ich Izzy entdecke, spüre ich so mächtigen Hass in mir aufsteigen, dass mir das Atmen richtig schwerfällt.

Ich setze mich auf meinen Platz in der ersten Reihe und spüre, wie sich der Hass wie ein Dolch in meinen Rücken bohrt. Ich versuche, mich mit fröhlichen Gedanken wieder zu beruhigen, aber von der wilden Mischung der Gefühle wird mir einfach nur übel.

In der ersten Stunde haben wir Mathe, was aus dreierlei Gründen gar nicht gut ist. Erstens bin ich in einem anderen Kurs als Holly. Zweitens bin ich im selben Kurs wie Izzy und Vivien. Und drittens muss ich direkt vor den beiden sitzen.

Izzy sitzt dabei so dicht hinter mir, dass ich das Gefühl habe, jede einzelne Zelle in meinem Körper würde von Abscheu zerfressen. Unsere Lehrerin, Miss Banks, schreibt Gleichungen an die Tafel, aber ich kann mich überhaupt nicht konzentrieren. Ich finde Algebra auch so schon schlimm genug, aber jetzt verschwimmen all die x und y zu einem einzigen roten Fleck aus Wut und Hass.

Ich schaue auf mein Buch hinunter und zwinge mich, die Gleichungen abzuschreiben. Einen Moment lang scheint es auch zu funktionieren. Mich auf die Buchstaben und Zahlen zu konzentrieren, lässt meinen Hass ein wenig verblassen.

»Hat noch irgendjemand eine Frage, bevor wir mit der Aufgabe beginnen?«, fragt Miss Banks mit dem Rücken zu uns und schreibt weiter an die Tafel.

»Ja, Miss«, höre ich eine Stimme antworten – höre ich *meine* Stimme antworten! »Warum sind Sie eigentlich so mies im Unterrichten?«

Ich sitze starr vor Schock und mit heruntergeklappter Kinnlade da, während Miss Banks herumwirbelt und mich ungläubig ansieht. »Was hast du da eben gesagt, Nessa?«

»Ich hab nicht …«, stammle ich. »Das war ich nicht.«

Ich höre Vivien hinter mir hämisch kichern.

»Du warst das nicht?« Miss Banks kommt langsam auf mich zu, ihr Gesicht vor Zorn knallrot. »Natürlich warst du das. Ich habe deine Stimme erkannt.«

»Aber ich … Es muss mich jemand nachgemacht haben.«

»Ach, wirklich?« Miss Banks steht jetzt direkt vor mir und ich kann ihre brodelnde Wut wie einen Brennofen spüren. Hinzu kommt all der Hass, der von hinten auf mich einströmt. Mir dreht sich beinahe der Magen um. »Willst du damit vielleicht sagen, dass wir hier in der Klasse einen Bauchredner haben?«

»Nein … ich … ja.« Ich laufe knallrot an, während der Rest der Klasse zu kichern beginnt.

»Ruhe!«, faucht Miss Banks. Dann funkelt sie mich wieder an. »Ich habe in meinem Unterricht keine Zeit für solchen Unsinn, Nessa. Haben wir uns verstanden?«

Ich nicke. Sie stampft zu ihrem Pult zurück und holt eine gelbe Karte hervor. »Vielleicht wird dir das dabei helfen, dich auf das Wesentliche zu konzentrieren und meine Lehrmethoden wertzuschätzen«, sagt sie und reicht mir die Karte.

Ich starre mit leerem Blick darauf, nicht sicher, was ich damit tun soll.

»Eine gelbe Karte ist eine Verwarnung«, erklärt Miss Banks. »Du musst sie bei deinem Klassenlehrer abgeben. Zwei gelbe Karten bedeuten einen vorübergehenden Ausschluss vom Unterricht.«

Ich blicke auf die Karte hinunter und koche vor Wut. Diesmal ist es meine eigene und sie kommt aus meinem tiefsten Inneren. Es muss entweder Vivien oder Izzy gewesen sein, die mich nachgemacht hat. Aber wie?

»Oh, arme Nessa«, höre ich Ellie hinter mir flüstern, als Miss Banks zu ihrem Pult zurückkehrt. »Das ist so ungerecht.«

Ellie! Ich wirbele herum und sehe, wie mich Vivien mit funkelnden Augen angrinst.

»Was ist denn los?«, fragt sie eiskalt.

Ich drehe mich wieder zurück und senke den Blick auf mein Buch. In meinem Kopf herrscht nur noch ein einziges Durcheinander.

In der Mittagspause treffe ich mich mit Holly und schleppe sie umgehend in die Bibliothek.

»Wir müssen unbedingt versuchen, im Internet irgendetwas herauszufinden«, sage ich. »Ich muss mehr über diese ganze Sache wissen, und zwar sofort.«

»Was ist denn passiert?«, fragt Holly besorgt.

»Können manche Hexen die Stimmen anderer Leute nachahmen?«, flüstere ich, als wir die Bibliothek betreten.

Holly nickt nachdenklich. »Ja. Ich glaube, ich kann mich daran erinnern, dass Grandma mal so etwas erwähnt hat. Warum?«

»Ich glaube, das könnte Viviens spezielle Gabe sein. Sie hat sie in Mathe unter Beweis gestellt und mir eine Menge Ärger eingebrockt.«

Ich öffne meine Tasche und ziehe ein Buch über Musik heraus, das ich mir vor den Weihnachtsferien ausgeliehen habe. »Ich möchte das hier zurückgeben, bitte«, wende ich mich an die Bibliothekarin und reiche es ihr.

»Schnapp dir einen Computer«, sage ich zu Holly. »Wir müssen anfangen zu suchen.«

»Entschuldigung?«

Ich drehe mich wieder zu der Bibliothekarin um. »Ja?«

»Soll das vielleicht ein Witz sein?« Sie hält mir das Buch direkt vor die Nase. Der Einband ist mit roten Kritzeleien übersät. Die Bibliothekarin klappt das Buch auf und beginnt, durch die Seiten zu blättern. Es sind überall rote Tintenkleckse zu sehen. »Du kannst Schuleigentum doch nicht so verunstalten«, sagt sie mit entsetzter Miene.

»Ich … Das hab ich nicht«, stottere ich. »Ich meine, es war noch vollkommen in Ordnung, als ich es heute Morgen in meine Tasche gesteckt habe.«

»Wer ist dein Klassenlehrer?« Die Bibliothekarin sieht mich streng an.

»Mr Matthews. Aber ich war das nicht, ehrlich.« Ich schaue zu Holly hinüber und hoffe, dass sie irgendetwas sagen oder tun kann, um mir zu helfen.

»Sie war das nicht«, bestätigt Holly. »Sie liebt Musik. Und Bücher. Ihre Tante hat einen Buchladen. Sie würde niemals ein Buch verunstalten – das wäre gegen ihre Religion. Falls man die Liebe zu Musik und Büchern als Religion bezeichnen kann.« Holly schenkt mir ein hilfloses Lächeln.

»Der Schaden ist entstanden, während du es ausgeliehen hast«, entgegnet die Bibliothekarin und starrt mich nun wütend an. »Ich kann nicht glauben, dass du tatsächlich den Nerv hattest, es in diesem Zustand zurückzubringen.«

»Sie steht zurzeit sehr unter Druck«, versucht Holly verzweifelt zu helfen.

»Der Druck wird ganz sicher noch größer«, erwidert die Bibliothekarin und zieht eine gelbe Karte aus einer Schreibtischschublade, »wenn ihr Klassenlehrer von dieser Sache erfährt.«

»Das ist total unfair!«, kreischt Holly. »Das ist eine himmelschreiende Ungerechtigkeit und eine Verletzung ihrer Rechte als Inhaberin eines Bibliotheksausweises. Meine Eltern sind Anwälte, sie kennen sich mit solchen Sachen aus.«

»Das reicht jetzt«, herrscht die Bibliothekarin Holly an und hält eine Hand hoch, als würde sie den Verkehr regeln. »Miss Reid, geben Sie diese Karte bitte Ihrem Klassenlehrer.«

Ich nehme ihr die Karte ab.

»Aber …«, beginnt Holly.

Ich packe sie am Arm. »Schon okay. Komm jetzt.«

Als wir wieder ins Klassenzimmer kommen, gebe ich meine beiden gelben Karten bei Mr Matthews ab. Er sieht richtig schockiert aus, aber im Gegensatz zu Miss Banks und der Bibliothekarin spüre ich von ihm nichts als Besorgnis.

»Na, na, na, das hätte ich wirklich nicht erwartet«, sagt er und kratzt sich am Kopf. »Ist bei dir alles in Ordnung, Nessa?«

»Nein, es ist –«, beginnt Holly, aber ich bringe sie mit einem Knuffen in die Seite zum Schweigen.

»Mir geht's gut«, grummele ich.

»Bist du sicher?« Mr Matthews schaut mich so durchdringend an, als würde er hoffen, dass ich ihm mehr erzähle. Aber wie könnte ich das? Er würde mir wahrscheinlich direkt einen ganzen Stapel gelber Karten überreichen, weil er mich für verrückt hält.

»Ja«, bekräftige ich.

Mr Matthews sieht aufrichtig beunruhigt aus. »Nun, in dem Fall fürchte ich, dass mir keine andere Wahl bleibt, als dich für den Rest des Tages vom Unterricht auszuschließen. So sind nun mal die Schulregeln: Zwei gelbe Karten bedeuten eine vorübergehende Suspendierung.«

»Die Schulregeln sind totaler Mist«, murmelt Holly.

»Außerdem muss ich deine Tante darüber informieren«, fährt Mr Matthews fort. »Sie muss herkommen und dich abholen.«

Mir wird ganz schwer ums Herz.

»Bist du wirklich absolut sicher, dass es nicht doch irgendetwas gibt, das du mir sagen möchtest?« Er blickt mich hoffnungsvoll an.

Ich schüttle den Kopf. »Nein, Sir.«

Mr Matthews seufzt. »Nun gut. Dann geh und warte im Sekretariat. Ich sage deiner Tante Bescheid.«

Holly drückt mir tröstend die Hand, als wir den Raum verlassen. »Das ist so unfair!«

Ich nicke. »Jep.«

An der Treppe begegnen wir Izzy, Vivien und Ben, die gerade die Stufen heraufkommen. Als sie uns entdecken, breitet sich sofort ein höhnisches Grinsen auf ihren Gesichtern aus.

»Ich hab dir doch gesagt, dass wir dir das Leben zur Hölle machen werden.« Izzy grinst höhnisch und rempelt mich im Vorbeigehen absichtlich an.

An der Stelle, an der sie ihn berührt hat, fühlt sich mein Arm eiskalt an.

15

Falls ein Fernsehsender jemals beschließt, eine Sendung mit dem Titel *Die unbehaglichsten Autofahrten der Welt* zu produzieren, müssten Tante Clara und ich auf alle Fälle mit dabei sein.

Unsere Fahrt von der Schule zurück nach Hause ist die reinste Qual. Das Schlimmste ist, dass sie nicht ein einziges Wort darüber verliert, was ich getan habe oder was ich angeblich getan habe oder was der Rektor zu ihr gesagt hat, als er sie in sein Büro bestellt hat. Trotzdem kann ich auf dem gesamten Heimweg ihre Enttäuschung spüren, die zwischen uns hängt wie eine dicke, schwere Wolke.

»Ich muss in Newbridge noch ein paar Sachen erledigen«, sagt sie tonlos, als wir vor dem Paper Soul anhalten. »Ich bin gegen sechs wieder zurück, dann reden wir über alles.«

»Okay«, erwidere ich und wünsche mir, ich könnte irgendetwas sagen, damit sie sich besser fühlt. Ich weiß jedoch, dass ich das nicht kann, und steige aus dem Auto. Kaum habe ich die Tür hinter mir zugemacht, entspanne ich mich ein wenig. Es ist, als hätte ich die Last ihrer Enttäuschung mit Tante Clara im Wagen eingesperrt.

Ich schließe die Ladentür auf und trete in die Dunkelheit. Nachdem Tante Clara weggefahren ist, stelle ich *Die Geschichte der Hexerei* wieder zurück ins Regal. Dann schlurfe ich in den Cafébereich und setze mich an einen der Tische. Was heute passiert ist, hat alles verändert. Ich muss mehr darüber herausfinden, welche Kräfte Izzy, Vivien und Ben genau haben. Und ich muss mehr über meine eigenen Kräfte als Hexe herausfinden, damit ich weiß, wie ich mich gegen sie wehren kann.

Ich blicke mich im Laden um. In der Dunkelheit wirkt er seltsam friedlich. Ich muss an die Silvesterparty denken. Daran, wie ich mit der Band musiziert habe, genau an der Stelle, an der ich jetzt sitze, so glücklich und sorglos.

Plötzlich verspüre ich das dringende Bedürfnis, Gitarre zu spielen, nur um diesen ganzen Stress für eine Weile zu vergessen. Ich will gerade nach oben gehen, als es an der Tür klopft. Ich beschließe, das Klopfen zu ignorieren, weil wir sowieso geschlossen haben. Aber wer immer es auch ist, er klopft unbeirrt weiter. Dann piepst mein Handy mit einer neuen Nachricht.

Ich bin's. Lass mich rein! Hxx

Ich eile zur Tür. Holly steht draußen, die Kapuze ihres Mantels tief übers Gesicht gezogen.

»Was machst du denn hier?«, frage ich sie, als ich die Tür öffne. Holly huscht an mir vorbei in den Laden.

»Ich musste doch wissen, ob bei dir alles okay ist.«

»Aber kriegst du denn keinen Ärger, wenn du die Schule schwänzt?«

»Ich habe behauptet, dass ich krank bin.« Holly sieht mich an. »Und das war auch nicht gelogen. Izzy und die anderen machen mich wirklich total krank. Wir müssen uns gegen sie wehren.« Hollys Augen funkeln in der Dunkelheit und ich spüre ihre wilde Entschlossenheit. »Wir müssen unbedingt lernen, unsere Kräfte richtig einzusetzen.«

»Ich weiß. Aber wie?«

Ich gehe mit ihr zurück ins Café und wir setzen uns an einen der Tische.

»Wir müssen einfach mehr üben. Wie Sportler, die zu den Olympischen Spielen fahren, oder so.« Hollys Blick fällt auf einen elektrischen Heizstrahler in der Ecke. Sie beginnt, ihn richtig intensiv anzustarren. Nacheinander fangen die Stäbe an, erst orange, dann feuerrot zu glühen. Wärme breitet sich im Raum aus.

»Wow, das war unglaublich«, sage ich lachend und blicke staunend auf die glühenden Stäbe.

Holly erwidert nichts, sondern starrt den Heizstrahler nur weiter durchdringend an. Eine Schweißperle bildet sich auf ihrer Stirn und rinnt seitlich an ihrem Gesicht hinunter. Langsam wird es richtig heiß.

Ich ziehe meinen Schulblazer aus. »Okay, vielleicht sogar ein bisschen zu unglaublich.«

Holly keucht erschöpft und schließt die Augen. Die Stäbe erlöschen wieder. »Das ist so frustrierend!«, stöhnt sie. »Es gibt bestimmt noch viel mehr, was ich mit meiner Gabe tun könnte, ich weiß bloß nicht, was.«

»Na ja, wenigstens hast du diesmal nichts in die Luft gejagt«, versuche ich sie zu trösten. »Das ist doch immerhin ein Anfang.«

»Ja, ganz toll«, grummelt Holly. »Willst du vielleicht noch mal versuchen, meine Gefühle zu lesen?«

Ich runzle die Stirn. »Um ehrlich zu sein, würde ich lieber lernen, wie ich verhindern kann, sie zu spüren. Jedes Mal, wenn ich ein richtig starkes Gefühl wahrnehme, wird mir schrecklich übel. Vor allem, wenn Izzy in der Nähe ist. Ich muss lernen, ihren Hass abzublocken.«

Holly nickt nachdenklich. »Okay, na schön. Wie wär's dann, wenn ich mich zwinge, etwas zu fühlen, und du versuchst, es abzublocken?«

Sie rutscht mit ihrem Stuhl um den Tisch herum, bis sie mir genau gegenübersitzt. »Gut, sag Bescheid, sobald du etwas wahrnimmst.«

Ich nicke und schließe die Augen. Plötzlich überkommt mich eine Woge der Wut. »Wow, woran denkst du denn gerade?«

»Izzy«, antwortet Holly verbittert.

»Okay, das kann ich definitiv spüren.«

»Gut. Und jetzt musst du dich darauf konzentrieren, es auszublenden. Warum stellst du dir nicht vor, du hättest eine dicke Mauer um dich herum, oder so?«

Ich stelle mir vor, dass mich eine Mauer umgibt. Aber wenn überhaupt, dann macht es alles nur noch schlimmer, so als sei ich mit Hollys Wut dahinter gefangen.

Dann fällt mir plötzlich die Mathestunde wieder ein und wie ich es geschafft habe, Izzys Hass langsam verblassen zu lassen, als ich mich auf die Algebra-Aufgabe konzentriert habe.

Weil ich aber auf keinen Fall jedes Mal an Algebra denken will, wenn das hier passiert, beschließe ich, mich auf etwas anderes zu konzentrieren. Auf etwas Schöneres, Positiveres. Etwas, bei dem ich mich sicher und stark fühle.

Urplötzlich formt sich ein Bild der alten Eiche in meinem Kopf. Ich denke an ihre mächtigen Wurzeln, daran, wie ich mich dazwischenschmiege und die Kraft des Baumes in mir aufsauge. Sofort fühle ich mich ein bisschen besser. Es ist, als würde Hollys Wut durch die Kraft des Baumes aus meinem Inneren verdrängt.

Ich konzentriere mich weiter, bis es sich anfühlt, als *sei* ich der Baum und meine Wurzeln würden sich tief in den Boden graben. Hollys Wut spüre ich nur noch als leichtes Kribbeln in den Fingerspitzen. Es ist ein unglaubliches Gefühl.

»Was ist passiert?«, will Holly wissen.

Ich öffne die Augen und sehe sie an.

»Ich habe immer noch an Izzy gedacht, aber du hattest ein richtig fettes Grinsen im Gesicht«, fügt sie hinzu.

»Ich glaube, ich habe einen Weg gefunden, es abzublocken«, antworte ich. »Üben wir's noch mal, mit einem anderen Gefühl.«

Kurz darauf spüre ich, wie von Holly eine Woge der Traurigkeit über mich hereinbricht. Sie sickert langsam in mich hinein und macht mir das Herz ganz schwer. Diesmal versuche ich, die Augen offen zu halten und den Baum direkt vor mir heraufzubeschwören. Dann stelle ich mir vor, wie ich mich gegen den Stamm lehne und seine Stärke aufsauge. Tatsächlich verblasst die Traurigkeit nach und nach. Als sie völlig verschwunden ist, schaue ich Holly besorgt an. »Du warst traurig, stimmt's?«

Holly nickt. »Ja, ich habe an den Tag gedacht, als Grandma gestorben ist.«

Ich lege meine Hand auf ihre und drücke sie sanft. »Ich habe es geschafft, es auszublenden«, sage ich leise, und es fühlt sich an, als würde sich eine Last von meinen Schultern heben. Wenn ich Izzys giftige Gefühle genauso abblocken kann, kann ich mich darauf konzentrieren, mich gegen sie zu wehren.

»Das ist fantastisch«, erwidert Holly mit einem strahlenden Lächeln. »Hey, mir ist noch etwas eingefallen, was Grandma über Empathen gesagt hat. Sie hat mir erzählt, dass sie manchmal auch den Verstand anderer Menschen kontrollieren können.«

Ich starre sie mit offenem Mund an. »Wie meinst du das?«

»Die Gefühle anderer Menschen zu lesen, ist anscheinend nur ein Aspekt der speziellen Kräfte von Empathen. Sie können auch in die Gedanken anderer Leute eindringen.«

»Was? Aber warum hast du mir das denn nicht schon früher erzählt?«

Holly zuckt mit den Schultern. »Ich dachte, das wäre vielleicht ein bisschen viel auf einmal.«

»Da hast du nicht ganz unrecht. Aber wie soll ich bitte den Verstand eines anderen Menschen kontrollieren? Das klingt ziemlich schwierig.«

Holly runzelt die Stirn. »Ich schätze, du musst dir ganz intensiv wünschen, dass sie etwas Bestimmtes tun, und dich dann voll und ganz darauf konzentrieren.«

Plötzlich fällt mir der Abend des Schulballs wieder ein. Mir läuft ein eiskalter Schauer über den Rücken. Ich starre Holly an. »Glaubst du, dass das auch beim Ball passiert ist? Als Izzy gestürzt ist? Ich weiß noch, wie sehr ich mir gewünscht habe, dass sie mich in Ruhe lässt.«

»Ja!« Hollys Augen leuchten förmlich. »Oh mein Gott! Du

musst ihren Verstand kontrolliert haben, ohne es zu wissen. Das ist fantastisch!« Sie springt auf und baut sich direkt vor mir auf. »Komm schon.«

»Was?«

»Versuche das Gleiche bei mir. Hier und jetzt.«

»Nein! Ich will dich nicht dazu bringen, dass du hinfällst.«

Holly seufzt. »Na schön. Dann versuche eben, mich dazu zu bringen, ununterbrochen auf und ab zu hüpfen.«

Ich muss lachen. »Na gut.« Ich schließe die Augen und konzentriere mich angestrengt darauf, wie Holly auf und ab hüpft. »Tut sich was?«, frage ich nach ein paar Sekunden und mache die Augen wieder auf.

Holly schüttelt den Kopf. »Stell dir vor, dass du mich dazu bringen *musst.*«

Ich schließe erneut die Augen und stelle mir vor, wie Holly auf und ab hüpft, weil sie ein Kätzchen retten muss, das auf einem Baum festsitzt. »Tut sich was?«

Sie schüttelt den Kopf.

»Hast du nicht mal ein winziges bisschen Lust, auf und ab zu hüpfen?«

»Nein, tut mir leid.«

Ich will es gerade noch einmal versuchen, als ich höre, wie sich ein Schlüssel in der Ladentür dreht. Wir schauen einander erschrocken an.

»Tante Clara!«, stoße ich aus.

»Gibt's hier eine Hintertür?«, fragt Holly.

»Ja. Schnell.«

Wir rasen durch die Küche in den Vorratsraum, der sich im hintersten Teil des Ladens befindet.

»Wir sehen uns morgen in der Schule«, sagt Holly und

drückt mich ganz fest. »Silber für immer«, flüstert sie mir ins Ohr.

Erneut läuft mir ein eigenartiger Schauer über den Rücken. Diesmal ist es jedoch kein Angstschauer. Jetzt, wo ich weiß, dass ich meine Kräfte zumindest teilweise kontrollieren kann, machen sie mir längst nicht mehr solche Angst. Ehrlich gesagt, finde ich sie sogar richtig aufregend.

16

Früher dachte ich immer, ich hätte eine miese Woche, wenn wir in Physik doppelte Hausaufgaben aufhatten. Jetzt ist mir allerdings klar, dass ich bisher keine Ahnung hatte, was die Worte »miese Woche« in Wahrheit bedeuten.

Inzwischen ist Freitag und ich sitze in meinem Lieblingsstuhl vor dem Büro des Rektors. Die Tatsache, dass ich einen Lieblingsstuhl vor dem Büro des Rektors habe, ist das erste Anzeichen dafür, wie mies meine Woche war.

Ein weiteres sicheres Zeichen ist, dass Tante Clara neben mir sitzt und ebenfalls darauf wartet, in sein Büro gerufen zu werden.

Seit ich am Dienstag wieder in die Schule gekommen bin, haben Izzy, Vivien und Ben unermüdlich an ihrem außerschulischen Projekt »Wir machen Nessa das Leben zur Hölle« gearbeitet.

In Englisch hat Vivien meine Stimme nachgeahmt und »Shakespeare ist Mist« gerufen. In Französisch hat es Izzy irgendwie geschafft, Bilder von Baskenmützen und Baguettes über meine kompletten Hausaufgaben zu kritzeln – nachdem ich sie abgegeben hatte. Und in Biologie ist ein wichtiger Teil meiner Projektarbeit zum Fortpflanzungssystem von Pflanzen aus meinem Ordner verschwunden.

Die Sekretärin des Rektors kommt aus ihrem Büro und lächelt Tante Clara an. Mich lächelt sie nie an, obwohl wir uns jeden Tag sehen.

»Bitte kommen Sie, Miss Hamilton, Mr Bailey kann Sie jetzt empfangen.«

Nervosität flirrt von Tante Clara zu mir herüber, als sie von ihrem Stuhl aufsteht. Sofort fühle ich mich furchtbar schuldig. Ich stelle mir schnell die Eiche vor, um ihre Emotionen abzuschirmen. Das einzig Gute an dieser Woche ist, dass ich jetzt viel besser darin bin, die Gefühle anderer abzublocken. Dank Izzy und Vivien hatte ich reichlich Übung.

Ich trotte hinter Tante Clara in Mr Baileys Büro. Er steht hinter seinem Schreibtisch, einen erschöpften Ausdruck auf dem Gesicht.

»Hallo, Miss Hamilton«, begrüßt er Tante Clara, bevor er mich ansieht. »Nessa.«

»Hallo, Sir.«

Er deutet auf die beiden Stühle auf der anderen Seite des Schreibtischs und wir setzen uns.

»Wie Sie aus dem Brief, den ich Ihnen gestern geschickt habe, ja gewiss bereits wissen, hatten wir mit Nessa in dieser Woche einige Probleme«, wendet sich Mr Bailey an Tante Clara.

Alles an Mr Bailey ist perfekt, von seinem makellos geschnittenen Haar bis zum penibel aufgeräumten Schreibtisch.

»Ja, und es tut mir wirklich leid, das zu hören«, erwidert Tante Clara.

Besorgnis und Anspannung kriechen von Tante Clara zu mir wie ein kalter Nebel.

Meine Schuldgefühle melden sich wieder und ich konzentriere mich schnell auf meinen Baum und seine starken Wurzeln.

»Uns tut es auch leid«, versichert Mr Bailey. »Dabei war ihr Start bei uns so vielversprechend.«

Kaum etwas hasse ich mehr, als wenn sich Erwachsene über einen unterhalten, als wäre man gar nicht im Raum. Ich versuche angestrengt zu verhindern, dass sich wütende Falten in meine Stirn graben.

»Ihr Klassenlehrer, Mr Matthews, ist deswegen besonders aufgewühlt.« Mr Bailey schiebt einen Ordner auf seinem Schreibtisch einen Millimeter nach links. »Er hatte den Eindruck, dass sie sich vor den Weihnachtsferien bereits gut eingelebt hatte.«

»Vielleicht ist die Fairhollow High einfach nicht die richtige Schule für sie«, erwidert Tante Clara. »Vielleicht sollten wir sie lieber in Newbridge anmelden?«

»Was?!« Ich bin so entsetzt, dass es einfach aus mir herausplatzt. Die beiden drehen sich zu mir um. Mr Bailey hebt überrascht eine Augenbraue, so als hätte er vollkommen vergessen, dass ich auch noch im Zimmer bin.

»Ganz offensichtlich läuft es für dich hier nicht so gut«, fährt Tante Clara fort. »Vielleicht ist ein Neuanfang an einer anderen Schule ja genau das Richtige für dich.«

»Aber ich will keinen Neuanfang. Ich bin doch eben erst in Fairhollow angekommen!« Panik steigt in mir hoch, als ich daran denke, dass ich Holly vielleicht verlassen muss. »Ich will hierbleiben.«

»Dein Verhalten lässt aber eher darauf schließen, dass du nicht hierbleiben möchtest«, entgegnet Mr Bailey ernst. »Du wurdest in dieser Woche mehrfach wegen deines Benehmens ermahnt, aber du störst den Unterricht trotzdem weiter.«

»Ich habe nicht … ich …« Ich verstumme wieder und bin den Tränen nahe.

Tante Clara blickt mich durchdringend an, und ich spüre, wie mich eine Welle der Besorgnis überflutet. »Gibt es vielleicht irgendetwas, das du uns nicht erzählst, Nessa?«

Ich schüttle den Kopf und senke den Blick.

»Warum denken wir nicht alle übers Wochenende noch mal gut über diese ganze Sache nach«, schlägt Mr Bailey mit sanfterer Stimme vor, »und beschließen dann am Montag, wie wir weiter verfahren.«

Tante Clara nickt. »Danke. Ich rufe heute Nachmittag in der Newbridge High an und erkundige mich, ob sie einen Platz für Nessa hätten.«

Ich muss meine ganze Konzentration zusammennehmen, um meinen Frust nicht laut hinauszuschreien. Tante Clara und Mr Bailey stehen von ihren Stühlen auf und geben sich die Hand, während ich bereits aus dem Büro stürme. Das ist alles so ungerecht.

»Nessa!«, ruft Tante Clara mir nach.

»Was?« Ich drehe mich noch nicht einmal um, sondern rausche durch die Lobby zum Haupteingang hinaus. Die anderen Schüler sind schon längst nach Hause gegangen und die Einfahrt ist vollkommen verlassen. Der Himmel ist dunkelgrau und passt perfekt zu meiner Stimmung.

»Ich verstehe einfach nicht, was mit dir los ist«, sagt Tante Clara, als sie mich eingeholt hat.

»Ich will nicht nach Newbridge.« Ich starre finster auf den Boden.

Tante Clara holt ihren Schlüsselbund aus der Jackentasche und öffnet ihr Auto mit der Fernbedienung. »Komm, wir fahren nach Hause und sprechen bei einer schönen Tasse Tee über alles.«

»Ich will keine schöne Tasse Tee!« Ich merke selbst, dass ich mich wie ein trotziges Kleinkind aufführe, aber ich kann einfach nicht anders. Der Gedanke daran, von Holly getrennt zu werden – Holly mit Izzy und den anderen alleinzulassen –, ist einfach schrecklich.

»Nessa, bitte!« Tante Clara öffnet die Beifahrertür, damit ich einsteige.

Ich schüttle den Kopf. »Ich will nicht mit dir kommen. Ich will allein sein.«

»Aber …«

»Lass mich einfach in Ruhe.« Ich drehe mich um und renne die dunkler werdende Einfahrt hinunter, während Tränen in meinen Augen brennen.

17

Ich renne weiter, bis ich die Eiche erreiche. Ich werfe mich auf den eisigen Boden und lehne mich gegen den Stamm. Wieder fühlt es sich an, als würde der Baum mich umarmen. Das Gefühl ist jetzt sogar noch stärker. Vielleicht, weil ich mir den Baum so oft vorgestellt habe, um die Emotionen anderer Leute abzublocken. Ich schließe die Augen und atme ein paar Mal tief ein, bis mein Herz wieder in normalem Rhythmus schlägt.

Was soll ich jetzt bloß machen? Ich kann nicht zulassen, dass mich Tante Clara auf eine andere Schule schickt. Ich kann Holly nicht alleinlassen. Aber wie soll ich verhindern, dass Izzy und die anderen mich ständig in Schwierigkeiten bringen?

Es reicht nicht, mich nur vor ihrem Hass zu schützen. Ich muss mich gegen sie wehren, genau wie Holly es gesagt hat. Wenn man doch nur eine Art Gebrauchsanweisung dazubekäme, sobald man zur Hexe wird. Wenn Hollys Großmutter ihr doch nur mehr erzählt hätte. Wenn …

Ich höre Schritte auf dem Pfad hinter mir und erstarre vor Schreck. Was, wenn es Izzy und die anderen sind? Was, wenn sie mich gesehen haben und mir hierher gefolgt sind? Ich kann den Gedanken nicht ertragen, dass sie meinen geheimen Ort entdecken. Als im nächsten Moment Tante Clara vor mir auftaucht, bin ich deshalb richtig erleichtert.

»Woher … woher wusstest du, dass ich hier bin?«, stammle ich.

»Ich bin dir nachgegangen.« Als Tante Clara auf mich zukommt, werde ich von Liebe erfüllt. Sie wärmt mich bis in mein tiefstes Inneres, genau wie eine Tasse ihres dampfenden Ingwertees.

»Komm«, sagt sie sanft und streckt eine Hand zu mir aus. »Wir gönnen uns eine große Portion Karamellpudding.«

»Aber … aber im Paper Soul gibt's keinen Karamellpudding.« Ich nehme ihre Hand und sie hilft mir auf.

»Wir gehen nicht ins Paper Soul«, erwidert sie mit einem Lächeln. »Es gibt Tage, da braucht man einfach Zucker, stimmt's?«

Ich nicke und lächle zurück. »Stimmt.«

Tante Clara fährt mit mir ins Zimt & Zucker. Im Inneren ist es so warm, dass die Fenster beschlagen sind. Der ganze Raum ist von fröhlichen Unterhaltungen und Lachen erfüllt.

Es erinnert mich an das Café, in dem ich samstagmorgens immer mit Dad war, nachdem wir den Wocheneinkauf erledigt hatten. Meine Augen füllen sich sofort wieder mit Tränen.

Selbst nachdem wir uns gesetzt und unseren Pudding bestellt haben, bin ich immer noch ziemlich aufgewühlt.

»Ist alles in Ordnung?«, fragt Tante Clara und schaut mich über den Tisch hinweg an. Ich kann ihre Besorgnis spüren und würde am liebsten sofort wieder losheulen. Die ganze Woche über habe ich alles versucht, um stark zu bleiben, aber die Wärme des Cafés und Tante Claras aufrichtige Sorge lassen meine Verteidigungsmauern einstürzen.

»Ja, ich … Es ist nur …« Dann strömen die angesammelten Tränen nur so über meine Wangen. Als ich versuche, sie wegzuwischen, stellt jemand eine Schüssel vor mir auf den Tisch. Jemand mit einem schwarzen Freundschaftsarmband aus Leder. Ich blicke auf und sehe den Jungen aus der Band. Er trägt ein Kellner-Outfit. Aus seinen schwarzen Locken lugt ein Kugelschreiber hervor, den er sich hinters Ohr gesteckt hat.

»Hallo«, sagt er mit einem Grinsen. »Zweimal Karamellpudding.« Er stellt eine zweite Schüssel vor Tante Clara ab und schaut dann mitfühlend wieder zu mir. »Oh … Ist alles okay?«

Mein Gesicht glüht so heiß, dass ich überrascht bin, dass die Tränen nicht zu Dampf werden.

»Hier.« Er reicht mir eine Serviette. »Das Essen ist hier gar nicht *so* mies, ehrlich«, fügt er mit einem Grinsen hinzu und seine grünen Augen leuchten. »Vor allem der Karamellpudding. Der Karamellpudding ist echt unglaublich lecker.«

Ich muss halb lachen, halb weinen, was vermutlich so ungefähr das Unattraktivste überhaupt ist. Glücklicherweise wirkt er aber nicht so, als fände er es abstoßend. Er reicht mir einfach eine zweite Serviette. »Weißt du was? Der geht aufs Haus.« Er nickt in Richtung des Puddings. »Oder vielmehr auf mich.«

»Ehrlich?« Ich lächle durch meine Tränen zu ihm hinauf.

»Ja.« Jetzt läuft *sein* Gesicht rot an und er wendet schnell den Blick ab. »Ich geh dann mal lieber wieder an die Arbeit. Ich sorge dafür, dass sie euch nur die Getränke berechnen.«

Tante Clara und ich sehen schweigend zu, wie er wieder zur Theke zurückgeht.

»Na, vielleicht ist hier ja doch nicht alles so furchtbar«, sagte Tante Clara lächelnd. »Wie es aussieht, hast du sogar schon einen Verehrer.«

Ich ziehe meine Mundwinkel hoch, aber im Moment kann ich einfach nicht richtig glücklich sein. Es ist, als hätten mich Izzy und die anderen mit einem Fluch belegt. Ganz egal, wie süß der Junge aus der Band ist und wie viel Karamellpudding er mir schenkt, alles, was ich denken kann, ist: Was ist mit Holly?

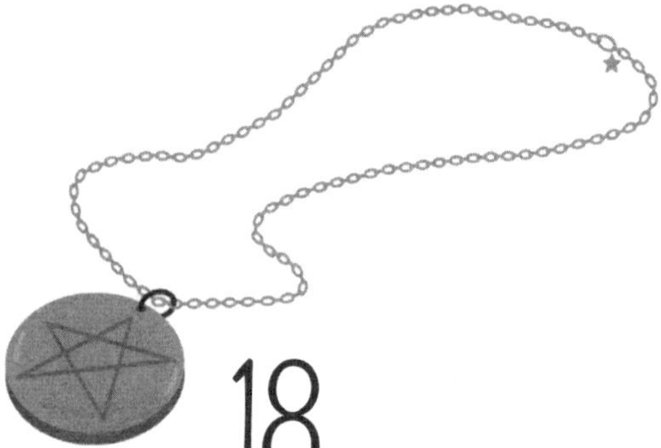

18

»Sie wollen dich auf eine andere Schule schicken?« Holly bleibt abrupt stehen und starrt mich an, die Augen vor Schock so groß wie Untertassen.

Es ist Samstagmorgen und ich bin auf dem Weg in die Bibliothek. Offiziell, um alleine Hausaufgaben zu machen. Inoffiziell, um gemeinsam mit Holly mehr über die Hexen in Fairhollow herauszufinden.

Ich hatte mich entschlossen, Holly die schrecklichen Neuigkeiten erst mitzuteilen, wenn wir uns sehen. Aber jetzt, wo ich ihren entsetzten Ausdruck sehe, wünsche ich mir fast, ich hätte ihr doch eine Nachricht geschickt.

»Meine Tante glaubt, dass ich *noch* einen Neuanfang brauche.«

Holly schüttelt ungläubig den Kopf. »Aber wo denn?«

»Newbridge.«

Holly erschaudert. »Das kannst du nicht. Du kannst nicht weggehen. Du bist … du bist meine beste Freundin.« Sie senkt den Blick und scharrt mit dem Fuß über den Asphalt. »Ich weiß, dass wir uns erst seit ein paar Wochen kennen. Und ich weiß natürlich, dass Ellie deine beste Freundin ist.

Aber du bist der erste Mensch, den ich kenne, den ich überhaupt jemals als meine beste Freundin haben wollte. Die anderen Mädchen sind alle echt furchtbar. Aber du nicht. Du bist toll. Und du bist eine …« Sie schaut mich an. »Du weißt schon. Du bist wie ich.«

Ich nicke. »Es ist, als wären wir Schwestern, stimmt's? Als gäbe es diese Verbindung zwischen uns.«

»Ja.« Sie nimmt meine Hände und blickt mich trotzig an. »Du kannst nicht die Schule wechseln. Wir müssen etwas unternehmen.«

Ich nicke wieder. »Unbedingt. Darum habe ich auch vorgeschlagen, dass wir noch mal in die Bibliothek gehen. Wir müssen noch mehr herausfinden, damit wir uns gegen sie wehren können.«

Holly lässt meine Hände wieder los und marschiert wild entschlossen die Straße hinunter. »Definitiv. Jetzt komm!«

Das Problem daran, in einer Kleinstadt wie Fairhollow zu wohnen, ist, dass die Bibliothek *der* Ort des Geschehens an einem Samstagmorgen ist. Als wir dort ankommen, wimmelt es nur so von Müttern mit kleinen Kindern und sämtliche Computer sind besetzt.

Wir schreiben unsere Namen auf die Warteliste und machen uns auf die Suche nach brauchbaren Büchern. Wir finden ein paar über Hexerei und ziehen uns damit in eine ruhige Ecke in der Sachbuchabteilung zurück.

»Meins ist total nutzlos«, flüstert Holly. »Hier geht's nur um Amerika.«

Ich nicke. »Meins taugt auch nichts. Das ist, als würde man ein Geschichtsbuch lesen.«

Dann bekommen wir endlich einen Computer. Diesmal suche ich nach »Fairhollow Bluthexen und Silberhexen«.

Die Suche bringt ein einziges Ergebnis: einen Link zu einer dieser prähistorischen Websites, die aussehen, als seien sie von einem Uropa zusammengestellt worden, mit grellen Farben und verschiedenen Schriftarten. Die Website heißt FAIRHOLLOW-FORUM und der Link führt uns zu einer Diskussionsseite mit der Überschrift: *Hat schon mal jemand von den Bluthexen und Silberhexen gehört, die früher angeblich in Fairhollow lebten?*

Darunter wurden nur zwei Antworten gepostet. Die erste stammt von jemandem, der sich BAKERPETE nennt, und lautet einfach nur: *nö.*

»Sehr hilfreich«, murmelt Holly.

Die zweite Antwort, von MARY223, ist jedoch ein wenig ausführlicher. Holly und ich rücken näher an den Bildschirm heran, um sie zu lesen.

Als ich noch klein war, hat meine Mum mir immer Geschichten über die Hexen erzählt, die vor Hunderten von Jahren in Fairhollow lebten. Es gab zwei Gruppen: die Bluthexen und die Silberhexen. Die Bluthexen waren die Bösen und die Silberhexen die Guten. Aber das ist nichts weiter als lokale Folklore. Ich glaube nicht, dass sie tatsächlich existiert haben …

»Ha, das glaubt *sie* vielleicht.« Holly seufzt und schaut mich an. »Und was machen wir jetzt?«

»Wir könnten auch einen Kommentar posten und um weitere Informationen bitten.« Ich versuche, eine Antwort zu tippen, aber es öffnet sich ein Fenster, in dem steht, der Betreiber hätte das Forum geschlossen. Dann fällt mein Blick auf die Uhrzeit in der Ecke des Bildschirms.

»Oh nein! Ich muss los und im Laden aushelfen.« Ich schiebe meinen Stuhl zurück und schnappe mir meine Tasche. »Ich darf dieses Wochenende keinen Ärger mit Tante Clara kriegen, sonst lässt sie mich garantiert nicht auf der Fairhollow High bleiben.«

Holly sieht mich hilflos an. »Was sollen wir denn jetzt machen?«

»Wir müssen woanders weitersuchen. Mit irgendwas Älterem. Bücher *müssen* einfach die Antwort sein. Wir haben nur noch nicht das richtige gefunden.«

Als ich zur Tür eile, wünsche ich mir, ich wäre genauso hoffnungsvoll, wie ich klinge.

19

Für den Rest des Wochenendes lautet meine Mission: Halte Tante Clara bei Laune. Am Samstagnachmittag melde ich mich freiwillig für den Spüldienst im Café. Am Samstagabend putze ich das Bad und räume mein Zimmer auf – ohne darum gebeten worden zu sein –, und am Sonntag bringe ich mehrere Stunden mit meinen Geschichtehausaufgaben zu, einem Aufsatz über Anne Boleyn.

Als ich am Montagmorgen die Hauptstraße entlangschlendere, um mich mit Holly zu treffen, bin ich zwar völlig erschöpft, aber dafür hat Tante Clara mit keinem Wort mehr erwähnt, dass ich die Schule wechseln soll.

Im frühmorgendlichen Dämmerlicht kann ich Holly nur mit Mühe erkennen. Sie lehnt an der Kreuzung an einem Laternenpfahl.

»Und?«, fragt sie und blickt mich hoffnungsvoll an.

»Alles okay – glaube ich. Sie hat nichts mehr davon gesagt, dass ich nach Newbridge gehen soll.«

»Hurra!« Holly klatscht aufgeregt in die Hände und das orange Licht der Straßenlaterne flackert. »Ups!«

Wir schauen einander an und lachen los.

»Jetzt muss ich nur noch irgendwie dafür sorgen, dass mir Izzy und die anderen keine Schwierigkeiten mehr machen«, seufze ich.

Holly runzelt die Stirn. »Ja, und wenn sie das tun, dann kriegen sie es mit mir zu tun.« Sie blickt an der Straßenlaterne hinauf und rümpft die Nase. Die Lampe geht an und aus.

»Ich habe geübt«, verkündet Holly mit einem Grinsen, als wir weiter der Straße folgen. »Du hättest mal sehen sollen, was gestern passiert ist, als ich mit meinen Eltern beim Abendessen war. Wir saßen in einem dieser schicken, kitschigen Restaurants in Newbridge. In einer Ecke stand so ein elektrischer Zimmerbrunnen, du weißt schon, mit einem kleinen Wasserfall und allem Pipapo.«

»Oh nein«, erwidere ich und muss ebenfalls grinsen. »Sag mir nicht, dass du die Hälfte der Gäste ertränkt hast.«

»Nein!« Holly kichert. »Na ja, nur einen. Ich habe versucht, den Wasserfall ein bisschen schneller fließen zu lassen. Aber das Wasser ist wie aus einem Feuerwehrschlauch in die Luft geschossen und über dem Kopf eines Gastes niedergegangen. Er ist total ausgerastet und hat sämtliche Bedienungen angebrüllt. Wie sich herausstellte, kennen meine Eltern ihn – er war der Richter bei dem Fall, den sie zuletzt verhandelt haben. Sein Urteil fiel zu ihren Ungunsten aus, deshalb hat sich Dad richtig gefreut, dass er am Ende klatschnass war.«

Wir lachen immer noch, als wir das Schulhaus betreten.

»Was ist denn so lustig?«

Ich bleibe abrupt stehen, als ich Bens Stimme hinter uns höre.

»Geht dich gar nichts an«, blaffe ich ihn an und drehe mich zu ihm um. Ich spüre, wie ein eiskalter Schwall der Verachtung von ihm zu mir herüberschwappt. Ich denke schnell an die Eiche und das Gefühl verblasst wieder.

Ben macht einen Schritt auf mich zu und schaut mich finster an. Es ist eigenartig. Oberflächlich betrachtet, sieht er mit seinen strahlend blauen Augen, dem weichen blonden Haar und den gemeißelten Wangenknochen wie der bilderbuchmäßige Herzensbrecher à la Hollywood aus. Aber durch den ganzen Hass, der aus ihm herausströmt, wirkt er richtig unattraktiv – auf mich jedenfalls.

»Tja, wenn du demnächst nach Newbridge musst, wird dir das Lachen schon noch vergehen, hab ich recht?« Ben wendet sich Holly zu und funkelt sie verächtlich an. »Arme kleine Holly. Es hat Ewigkeiten gedauert, bis du endlich eine Freundin gefunden hast, und jetzt bist du bald wieder ganz allein.«

Ich spüre, wie Wut in mir hochsteigt, und will Ben am Arm packen, aber Holly zieht mich weg.

»Er ist es nicht wert«, flüstert sie mir zu, und ich schaffe es irgendwie, mich wieder zu beruhigen. Ben lacht mir direkt ins Gesicht, bevor er die Treppe hinaufläuft.

Ich starre ihm schockiert hinterher. Die Einzigen, die über Newbridge Bescheid wissen, sind Holly, Tante Clara und Mr Bailey. Ich schaue Holly an. Auch sie sieht Ben mit zornigem Blick nach.

»Woher weiß er das denn?«, flüstere ich.

Sie zuckt mit den Schultern. »Vielleicht hat es ja was mit seiner Gabe zu tun.«

»Und was soll das sein? Dass er alles weiß?«

»Schon möglich. Aber er weiß *nicht* alles«, erwidert Holly wütend. »Und es ist an der Zeit, dass ihm das mal jemand klarmacht.« Sie marschiert die Treppe hinauf. Ich folge dicht hinter ihr und frage mich, was sie damit meint.

Mein Unbehagen kann noch nicht einmal die Tatsache vertreiben, dass heute sowohl Izzy als auch Vivien wegen eines Berufspraktikums nicht in der Schule sind. Wie hat Ben bloß herausgefunden, dass ich vielleicht die Schule wechseln muss?

In der ersten Stunde haben wir Chemie.

»Gut, hört mal alle her«, sagt Miss Phillips laut, während wir unsere Reagenzgläser aufstellen. »Fangt ganz langsam an, den Inhalt der Reagenzgläser über dem Bunsenbrenner zu erhitzen.«

Ich schaue zu Holly hinüber und wundere mich, dass ihr Reagenzglas nicht neben meinem über der Flamme schwebt. Sie starrt stattdessen Ben an, der in der ersten Reihe sitzt. Und wenn ich anstarren sage, dann meine ich *anstarren*: Ihre Nase ist gerümpft, wie vorhin an der Straßenlaterne. Im nächsten Moment gibt der Bunsenbrenner vor Ben ein eigenartiges Zischen von sich und die Flamme schießt urplötzlich in die Höhe.

»Wow!«, schreit er und macht einen Satz rückwärts. Das Reagenzglas, das er in der Hand hatte, zerschellt auf dem Boden in tausend Scherben.

»Igitt, was ist das denn für ein Gestank?«, kreischt eins der Mädchen vor uns und hält sich die Nase zu.

»Meine Augenbrauen!«, kreischt Ben und klatscht sich eine Hand auf die Stirn.

Ich schaue wieder zu Holly zurück. Sie grinst so breit, dass ihre Grübchen bestens zur Geltung kommen.

»Was ist denn passiert?«, will Miss Phillips wissen und eilt zu Ben hinüber.

Als er sich zu ihr umdreht, muss ich jeden einzelnen Muskel in meinem Körper anspannen, um nicht laut loszuprusten. Seine Augenbrauen sind total versengt und seine Stirn sieht riesig aus, wie bei Frankensteins Monster.

»Ich weiß es nicht, Miss«, antwortet Ben mit zitternder, wehleidiger Stimme. »Der Bunsenbrenner hat verrücktgespielt.« Er tastet seine Stirn ab und sieht völlig durcheinander aus. »Was ist mit meinen Augenbrauen passiert?«

»Oh weh! Ich fürchte, sie sind komplett verschwunden«, teilt Miss Phillips ihm mit und wirkt sehr besorgt. »Du hattest Glück, dass dein Gesicht nicht verbrannt ist. Wir sollten dich sofort zur Schulkrankenschwester bringen.«

Ben wirkt am Boden zerstört.

»Keine Angst, Ben«, sagt eins der Mädchen neben ihm mit säuselnder Stimme. »Du siehst immer noch wahnsinnig gut aus.«

»Ja«, gurren auch ein paar der anderen Mädchen wie ein Schwarm Tauben.

»Aber meine Augenbrauen«, stammelt er entsetzt.

Holly zwinkert mir zu. »Gib mir fünf«, flüstert sie und hält mir unter dem Tisch ihre Hand hin.

»Gut gemacht«, flüstere ich zurück und schlage ein. Ich habe das Gefühl, als würde mein ganzer Körper grinsen.

20

Der Rest des Tages läuft ziemlich gut. Izzy und Vivien sind nicht da und Ben trauert seinen verbrannten Augenbrauen hinterher. So kann ich mich endlich auf den Unterricht konzentrieren und wiedergutmachen, was in der vergangenen Woche schiefgelaufen ist.

Ich sammle lauter Häkchen und positive Kommentare in meinem Aufgabenheft, und als ich es Mr Matthews nach der letzten Stunde zeige, lächelt er mich an und lobt: »Gut gemacht, Nessa. Ich bin sehr stolz auf dich.«

Es macht mich gleichzeitig glücklich und traurig. Glücklich, weil ich glaube, damit bewiesen zu haben, dass ich es verdiene, auf der Fairhollow High zu bleiben. Und traurig, weil es genau das ist, was auch Dad gesagt hätte, und es mich daran erinnert, wie sehr ich ihn vermisse.

Ich muss immer noch an Dad denken, als ich auf dem Nachhauseweg die Hauptstraße hinunterschlendere.

Ich blicke auf die andere Straßenseite zum Zimt & Zucker. Der Junge aus der Band räumt gerade einen der Tische im Freien ab. Mein Herz beginnt wie wild zu flattern, als seien ihm Feenflügel gewachsen.

Schau zu mir rüber, denke ich, während ich ihn beobachte. Und tatsächlich legt er seinen Wischlappen beiseite und sieht mich direkt an. Meine Wangen laufen knallrot an und ich wende hastig den Blick ab. Damit ist es offiziell: Ich bin das unbeholfenste Mädchen der Welt, wenn es um Jungs geht.

Dann fällt mir auf, dass er im selben Augenblick zu mir herübergeschaut hat, als ich es mir gewünscht habe. Mir stellen sich die Nackenhaare auf. Das muss ein Zufall gewesen sein. Ich habe schließlich das ganze Wochenende mit dem Versuch zugebracht, Tante Clara dazu zu bringen, dass sie hustet oder gähnt oder sich streckt, und es hat überhaupt nicht funktioniert.

»Heute keinen Karamellpudding?«, ruft mir der Junge von der anderen Straßenseite aus zu.

Ich schaue wieder zu ihm hinüber. Er steht nur da und grinst. Mein Herz scheint inzwischen einen Stepptanz aufzuführen.

»Äh … nein … heute nicht«, rufe ich zurück und klinge vor Verlegenheit total steif.

»Was für ein Jammer«, erwidert er, als gerade ein Auto vorbeifährt.

»Sorry!«, rufe ich.

»Sorry?« Er sieht ziemlich verwirrt aus.

»Ja.« Mein Gesicht brennt jetzt förmlich.

»Dein Name ist Sorry?«

»Was? Oh – nein. Ich dachte, du hättest ›Was für ein Jammer‹ gesagt.«

Er sieht mich ausdruckslos an. Ich bete, dass gleich ein Bus vorbeifährt, hinter dem ich mich verstecken kann.

»Ich habe gesagt: ›Ich kenne deinen Namen gar nicht‹«, ruft er.

»Nessa. Tschüs!«, erwidere ich schnell und eile davon, bevor mein Gesicht tatsächlich in Flammen aufgeht.

»Hi, Nessa-Tschüs. Ich bin Noah. Bis demnächst mal«, ruft er mir noch nach.

Aber ich drehe mich nicht zu ihm um, weil ich nicht will, dass er mein fettes Grinsen sieht.

Ich grinse immer noch, als ich das Paper Soul erreiche.

Montag ist Tante Claras freier Tag, deshalb ist der Laden geschlossen und dunkel. Ich schließe die Tür auf, gehe direkt nach oben und summe den letzten Song vor mich hin, an dem ich gearbeitet habe. Ich will mir gerade ein bisschen Saft aus dem Kühlschrank holen, als ich auf dem Küchentisch einen Briefumschlag bemerke. Er ist an den »Vormund von Nessa Reid« adressiert.

Mir rutscht das Herz in die Hose. Ich nehme den Umschlag und drehe ihn um. Er ist nicht zugeklebt.

Auf meiner Liste mit all den Dingen, die man niemals – wirklich niemals – tun sollte, steht »die Post anderer Leute lesen« ganz oben, direkt neben »Hundewelpen ertränken«. Aber das hier ist ein Notfall. Dieser Brief könnte über mein zukünftiges Glück oder besser: Unglück bestimmen. Außerdem steht mein Name auf dem Umschlag. Das macht das Ganze doch sicher ein bisschen weniger schlimm, oder?

Ich stelle mich neben die Küchentür, damit ich es höre, falls Tante Clara zurückkommt. Dann ziehe ich den Brief hastig heraus und falte ihn auf. Er ist von Mr Bailey und überschrieben mit:

Re: Nessa Reids Schulwechsel von der Fairhollow High auf die Newbridge High

Diesmal rutscht mir das Herz nicht nur in die Hose, es fühlt sich an, als würde es direkt bis zum Mittelpunkt der Erde stürzen.

In dem Brief steht, dass es auf der Newbridge High noch freie Plätze gibt und dass Mr Bailey der Ansicht ist, ich sollte so bald wie möglich dorthin wechseln. »Unter den gegebenen Umständen ist ein schneller Wechsel sicher das Beste für Nessa«, endet er. Ganz unten enthält der Brief einen Abschnitt, auf dem Tante Clara unterschreiben soll, dass sie in meinen Schulwechsel einwilligt.

Ich schlucke schwer. Mein Mund fühlt sich auf einmal ganz trocken an. »Das Beste« für mich? Mich dazu zu zwingen, mich von Holly zu trennen, wäre in jedem Fall das *Schlechteste* für mich!

Ich stecke den Brief wieder in den Umschlag und lege ihn genau dort auf den Tisch, wo ich ihn gefunden habe. Das Letzte, was ich jetzt gebrauchen kann, ist, dass Tante Clara bemerkt, dass ich ihre Post gelesen habe. Panik flattert in mir wie ein gefangener Vogel. Was soll ich denn jetzt tun?

Ich denke sofort an Dad. Ich habe ihm nicht erzählt, was letzte Woche passiert ist, weil ich nicht wollte, dass er sich Sorgen macht. Aber jetzt bleibt mir keine andere Wahl. Vielleicht kann er Tante Clara ja überreden, ihre Meinung zu ändern.

Ich steige die Treppe hinauf in mein Zimmer, so weit weg von dem Brief wie irgend möglich, und versuche, ihn anzurufen. Doch ich komme nur auf seine Mailbox. Ich spüre ein kummervolles, frustriertes Stechen in der Herzgegend. Wegen seiner langen Schichten und des Zeitunterschieds ist es echt schwierig, ihn zu erwischen.

Aber ich habe jetzt keine Zeit, in Selbstmitleid zu baden. Ich muss irgendetwas unternehmen. Deshalb rufe ich stattdessen Holly an.

Fünfzehn Minuten später setzen Holly und ich uns an einen Tisch im Zimt & Zucker. Noah ist nirgends zu sehen – aber das ist wahrscheinlich auch gut so, schließlich brauche ich jetzt meine ganze Konzentration.

»Also, was genau stand denn nun in dem Brief?«, will Holly mit todernster Miene wissen.

Ich gebe ihn Wort für Wort wieder, bevor ich bei der Bedienung einen Milchshake bestelle.

»Und hat deine Tante ihn schon unterschrieben?«, fragt Holly, als die Kellnerin wieder verschwunden ist.

Ich schüttle den Kopf. »Nein. Noch nicht.«

Holly sieht mich hoffnungsvoll an. »Vielleicht wird sie das ja gar nicht. Vielleicht hat sie es sich ja anders überlegt.«

»Vielleicht. Aber was ist mit Mr Bailey? Was, wenn er das nicht tut? Was, wenn er längst beschlossen hat, dass ich gehen soll? Der Brief klang jedenfalls ganz danach.«

Holly schüttelt den Kopf. »Vielleicht fand er das noch, als er ihn geschrieben hat. Aber er ändert seine Meinung bestimmt, sobald er hört, wie es heute in der Schule für dich gelaufen ist. Du warst in allen Fächern richtig gut.«

»Ja, aber das liegt nur daran, dass Izzy und Vivien nicht da waren.« Ich seufze. »Sobald sie zurückkommen, werden sie mir das Leben wieder zur Hölle machen. Und ich kann nicht das Geringste tun, um sie aufzuhalten. Oh nein!« Ich rutsche ganz tief auf meinem Stuhl nach unten, als ich Tante Clara ins Café kommen sehe.

»Was ist denn?« Holly dreht sich zur Tür um.

»Nein! Dreh dich nicht um. Sie darf dich nicht sehen.«

Aber es ist bereits zu spät. Tante Clara starrt zu unserem Tisch herüber und hat definitiv kein Lächeln auf dem Gesicht. Sie hat das Gegenteil von einem Lächeln auf dem Gesicht. Ich halte die Luft an und hoffe, dass sie mich wie durch ein Wunder nicht erkannt hat. Ich schnappe mir eine Speisekarte und verstecke mich dahinter.

»Nessa?«, ruft Tante Clara.

»Mach dir keine Sorgen, es wird alles gut«, flüstert Holly.

»Warum kann meine Superkraft nicht sein, mich unsichtbar zu machen?«, winsele ich und vergrabe meine Nase noch tiefer in der Speisekarte.

»Nessa!« Tante Claras Stimme klirrt wie Eis, als sie sich vor unserem Tisch aufbaut. »Was machst du hier?«

»Wir gönnen uns nur einen Milchshake«, antwortet Holly fröhlich, »und besprechen die Hausaufgaben.«

»Steh auf!«, zischt Tante Clara mich an. »Sofort!« Sie packt meinen Arm richtig fest und zieht mich hoch. Ein Bild blitzt vor meinem inneren Auge auf. Ein Grab. *Mums* Grab. Und Tante Clara steht mit tränenüberströmtem Gesicht daneben.

»Aber ich …«

Tante Clara zerrt noch fester an meinem Arm.

Holly blickt uns mit offen stehendem Mund an.

»Es tut mir leid«, sage ich mit wild pochendem Herzen. »Ich muss gehen.«

»Was tust du denn da?«, kreische ich, während mich Tante Clara am Arm unsanft die Hauptstraße hinunterzerrt.

»Was tust *du?*«, faucht sie. »Ich habe dir doch gesagt, dass du dich nicht mit ihr treffen sollst.«

»Aber das verstehe ich nicht!«, entgegne ich. »Warum hasst du sie denn so sehr?«

»Das habe ich dir doch schon gesagt: Sie bedeutet Ärger. Kein Wunder, dass du in der Schule solche Schwierigkeiten hast.«

Ich versuche, meinen Arm aus Tante Claras Griff zu befreien, aber sie packt ihn zu fest. Ich spüre, wie Wut und Schmerz von ihr zu mir strömen, und bin so verwirrt, dass ich völlig vergesse, sie abzublocken.

Warum habe ich ein Bild von Mums Grab gesehen? Ich muss es von Tante Clara aufgeschnappt haben. Aber warum sollte sie an Mum denken, wenn sie mich mit Holly sieht? Das ergibt doch überhaupt keinen Sinn. Dann wird mir plötzlich richtig übel – und dass ich im selben Moment Izzy und Vivien sehe, ist auch nicht besonders hilfreich. Sie sitzen auf der Bank vor dem Friseur und grinsen mich spöttisch an.

»Alles okay?« Tante Clara bleibt stehen und sieht mich an. Meinen Arm lässt sie dabei allerdings nicht los.

»Nein. Mir ist schlecht. Können wir bitte einfach nach Hause?« Als wir an Izzy und Vivien vorbeigehen, schaue ich noch nicht mal in ihre Nähe. Aber ich kann spüren, wie sich ihr Hass wie Nadelspitzen in mich hineinbohrt.

Als wir im Paper Soul ankommen, fühle ich mich völlig ausgelaugt. Wir gehen schweigend nach oben und setzen uns an den Küchentisch. Ich konzentriere mich darauf, gleichmäßig ein- und auszuatmen und mir die Eiche vorzustellen. Nach einer Weile fühle ich mich etwas besser.

Tante Clara stellt eine Tasse Kamillentee vor mir ab. »Trink das«, fordert sie mich auf.

Ich nehme einen Schluck und entspanne mich ein wenig, als der wohltuend warme Tee meinen Hals hinunterfließt.

»Du musst mir vertrauen, Nessa«, sagt Tante Clara und setzt sich mir gegenüber. »Ich will nur das Beste für dich.«

Ich blicke auf meinen Schoß hinunter. »Aber ich mag Holly.«

»Du musst dich von ihr fernhalten.« Tante Claras Stimme klingt vor Anspannung ganz schrill. Ich verstehe nicht, warum sie so gemein ist. Holly ist meine einzige Freundin hier – warum will sie mir das kaputt machen?

»Ich will mich aber nicht von ihr fernhalten. Und ich will auch nicht die Schule wechseln. Ich will nicht noch mal von vorne anfangen.« Ich schaue sie flehend an. »Bitte.«

Tante Clara wendet den Blick ab. Eine Wolke der Verwirrung weht von der anderen Seite des Tisches zu mir herüber. In mir keimt Hoffnung auf. Sie ist nicht wütend, sie ist aufgewühlt. Vielleicht ist sie sich ja immer noch nicht wirklich sicher, was sie tun soll. Vielleicht kann ich sie ja doch noch davon überzeugen, ihre Meinung zu ändern. Vielleicht lässt sie mich ja auf der Schule bleiben, wenn ich einwillige, Holly nicht mehr zu sehen.

»Wenn ich dir verspreche, mich nicht mehr mit Holly zu treffen, darf ich dann bitte auf der Fairhollow bleiben?«

Tante Clara seufzt. »Vielleicht. Lass mich erst mal darüber nachdenken.«

»Okay.«

»Ich muss wissen, dass ich dir wirklich vertrauen kann und du nichts mehr mit ihr zu tun haben wirst.«

»Das kannst du.« Es tut weh, das zu sagen, aber ich weiß, dass ich keine andere Wahl habe.

Sie sieht mich an und seufzt erneut. »Ich denke darüber nach.«

Ich springe von meinem Stuhl auf, renne um den Tisch herum und nehme sie in den Arm. »Danke.«

»Ich habe nur gesagt, dass ich darüber nachdenken werde.« Tante Clara sitzt ganz steif da, aber ich kann ein Glühen der Liebe von ihr spüren. »Wenn ich aus der Schule höre, dass es wieder irgendwelchen Ärger gab …«

»Das wirst du nicht«, unterbreche ich sie, drücke mir im Geiste selbst alle Daumen und versuche, meine Schuldgefühle zu ignorieren.

Am nächsten Morgen stehe ich extra früh auf, um Tante Clara beim Backen zu helfen. Sie veranstaltet heute Abend im Paper Soul eine Feier zur Veröffentlichung eines neuen Buches und braucht noch tonnenweise Häppchen fürs Buffet.

Während ich gemahlene Mandeln abwiege, blicke ich zu ihr hinüber. Sie hält eine Schüssel in der Armbeuge und rührt Kuchenteig. Sie hat ein leises Lächeln im Gesicht und wirkt, als sei sie meilenweit entfernt. Mir fällt auf, dass ich Tante Clara nur wirklich entspannt sehe, wenn sie backt. Es fühlt sich ganz schrecklich an, wenn ich daran denke, wie viel Stress sie meinetwegen schon hatte.

»Ich verspreche dir, dass ich dich nicht noch mal enttäuschen werde«, sage ich, blicke dabei jedoch auf die Mandeln hinunter. Ich wünschte, ich würde es auch wirklich so meinen, aber ich weiß, dass es nicht wahr ist. Wie könnte ich jemals nicht mit Holly befreundet sein?

Einen Moment lang herrscht Stille. Dann höre ich, wie Tante Clara die Schüssel auf dem Tisch abstellt.

»Du hast mich nicht enttäuscht«, erwidert sie sanft. »Es ist nur … Es war eine große Umstellung für uns beide, dass du hierhergezogen bist, das ist alles.«

Ich schaue zu ihr hinauf und lächle sie an. Sie nickt mir zu, greift dann wieder zu ihrer Schüssel und rührt weiter.

Als ich mich auf den Weg zur Schule mache, stapeln sich in der Küche die Bleche mit zum Backen bereiter Quiches, Kuchen und Torten. Ich habe strengste Anweisung von Tante Clara, sie sofort in den Ofen zu schieben, wenn ich nach dem

Unterricht nach Hause komme. Sie selbst muss zum Bahnhof und den Autor des Buches abholen.

Ich gehe allein zur Schule. Als Holly mir vergangene Nacht eine Nachricht geschickt hat, um zu hören, was los ist, habe ich ihr nur geantwortet, dass wir uns heute im Treppenhaus vor unserem Klassenzimmer treffen und ich ihr dann alles erklären werde.

Als ich dort ankomme, sitzt sie bereits auf der untersten Stufe und liest. Sobald ich sie sehe, werde ich richtig traurig. Es wird so hart werden, so zu tun, als wäre ich nicht mehr mit ihr befreundet – und noch härter, ihr zu erklären, warum.

»Nessa!«, ruft sie und blickt von ihrem Buch auf. »Wie geht's dir? Was ist gestern noch passiert? Was war denn mit deiner Tante los?«

Ich setze mich neben sie. Ich weiß überhaupt nicht, wo ich anfangen soll.

»Hast du schlechte Nachrichten? Du kannst es mir sagen. Musst du die Fairhollow High verlassen?«

»Ja und nein.«

»Was meinst du denn damit?« Holly runzelt die Stirn.

Ich rutsche unbehaglich auf der Treppenstufe hin und her. »Ich muss die Schule nicht verlassen – jedenfalls noch nicht. Aber ...«

»Was?«

Ich hole tief Luft. »Tante Clara sagt, dass ich nicht mehr mit dir befreundet sein darf.«

»Was?« Holly springt auf und starrt mit einem verwirrten Stirnrunzeln auf mich herunter. »Sie hat wirklich gesagt, dass wir keine Freundinnen sein dürfen?«

Ich nicke.

»Aber … aber …« Es klingelt zur ersten Stunde. Der Lärm der Schüler, die ins Gebäude strömen, dröhnt durch den Korridor und schneidet Holly mitten im Satz das Wort ab.

»Ich höre aber nicht auf sie. Wir werden natürlich weiter befreundet sein«, versichere ich ihr schnell. »Wir können uns bloß nicht mehr außerhalb der Schule treffen.«

»Aber alles außerhalb der Schule ist doch das Beste an einer Freundschaft! Da erlebt man schließlich die ganzen Sachen, die Spaß machen.« Holly blickt sich verzweifelt im Treppenhaus um. »Hier müssen wir uns mit Algebra und Physik rumschlagen. Hierher kommen Freundschaften, um zu sterben.«

Ich kann nicht anders, als zu grinsen. Ich stehe auf und nehme Hollys Hand. »Unsere Freundschaft wird nicht sterben. Wir müssen sie nur für eine Weile geheim halten, damit Tante Clara mir erlaubt, auf der Fairhollow High zu bleiben. In Ordnung?« Ich fühle mich furchtbar. Jetzt enttäusche ich Tante Clara doch.

Holly seufzt. »In Ordnung.«

Als ich sie gerade in den Arm nehme, fliegt krachend die Tür auf und Izzy, Vivien und Ben stolzieren ins Treppenhaus.

»Ooh, wie süß«, zischt Izzy.

»Was wirst du nur tun, wenn deine neue Freundin dich wieder verlässt?«, fragt Vivien Holly. »Wie wirst du nur damit klarkommen?«

»Sie verlässt mich nicht!«, entgegnet Holly kämpferisch.

»Ach nein?«, knurrt Ben.

Ich stelle mich zwischen ihn und Holly und blicke ihm direkt in die Augen. Als ich seine Verachtung spüre, blocke ich sie sofort ab, indem ich an die Eiche denke. »Nein.«

»Das glaubst auch nur du«, erwidert er mit einem fiesen Grinsen, das dank der verbrannten Augenbrauen jedoch völlig seine Wirkung verfehlt.

»Wir werden dafür sorgen, dass du Fairhollow verlässt, ein für alle Mal. Und es gibt nicht das Geringste, was du tun könntest, um uns aufzuhalten«, fügt Izzy hinzu und der Hass strömt ihr förmlich aus allen Poren.

»Da wäre ich mir nicht so sicher«, gebe ich zurück und spüre, wie ich plötzlich von Kraft erfüllt werde.

Ben lacht mir direkt ins Gesicht. »Was könnt *ihr* schon machen?«, spottet er.

»Hmm, was können wir schon machen?« Ich neige den Kopf zur Seite, als würde ich nachdenken. »Ist wirklich ein Jammer, das mit deinen Augenbrauen. Seit sie weg sind, ist dein Gesicht echt komplett ruiniert.«

Ben starrt mich an. Ich spüre erst Verwirrung, dann Entsetzen, dann Wut, die in mächtigen Wellen von ihm zu mir strömen. Jedes Mal, wenn ich ein Gefühl abblocke, wächst meine Stärke.

»Unglaublich, was man mit einem Bunsenbrenner alles anstellen kann«, wirft Holly hinter mir ein.

Ich blicke zu Izzy und Vivien hinüber. Beiden klappt vor Schock die Kinnlade herunter.

»Ich wäre an eurer Stelle von jetzt an in Naturwissenschaften wirklich vorsichtig«, warne ich sie. »Es wäre doch einfach schrecklich, wenn eure schönen Haare genauso abgefackelt würden wie die Augenbrauen von unserem armen Ben hier. Vor allem, weil ihr doch offensichtlich so viel Zeit damit verbringt, sie perfekt zu stylen.«

Izzys Gesicht läuft vor Zorn knallrot an.

»Kommt«, herrscht sie die beiden anderen an und sie stampfen die Treppe hinauf. Vivien blickt sich im Gehen noch ein paar Mal nervös zu uns um.

Sobald sie weg sind, schauen Holly und ich einander an und beginnen zu lachen.

»Oh mein Gott, das war phä-no-me-nal!«, freut sich Holly.

»Ich weiß.« Ich grinse breit. »Und das Beste war, je mehr ich ihre Emotionen abgeblockt habe, desto stärker habe ich mich gefühlt.«

Holly nickt. »Das habe ich gemerkt. Und ich glaube, sie auch. Hast du Bens Gesicht gesehen?«

»Ja – und Izzys.«

»Und Viviens. Sie hat fast angefangen zu heulen, als du das mit ihren Haaren gesagt hast.« Holly sieht mich an. »Ich glaube, wir haben es geschafft. Wir haben ihnen gezeigt, dass wir genauso stark sind wie sie. Vielleicht lassen sie uns jetzt ja endlich in Ruhe.«

Ich hake mich bei ihr unter und wir gehen die Treppe hinauf. Ich glühe immer noch richtig vor Stärke. »Ich glaube, da könntest du recht haben.«

22

Das Gefühl, dass wir Izzy und den anderen ordentlich Angst eingejagt haben, wird im Laufe des Tages immer stärker. Sie schauen uns noch nicht mal mehr an – ganz davon zu schweigen, dass sie versuchen, uns in Schwierigkeiten zu bringen.

Selbst als ich im Sportunterricht eine Partnerübung mit Vivien machen muss, spüre ich ein neues Gefühl bei ihr. Es ist, als sei ihr Hass durch ihre Angst irgendwie verwässert worden.

Am Ende des Schultags ist mein Aufgabenheft voller Häkchen und begeisterter Kommentare. Das einzig Negative ist, dass ich nicht zusammen mit Holly nach Hause gehen kann.

»Ich schicke dir nachher eine Mail«, sagt sie. Wir sind zu dem Schluss gekommen, dass E-Mails für uns wahrscheinlich die sicherste Möglichkeit sind, miteinander zu kommunizieren, damit Tante Clara nichts davon mitbekommt.

Als Holly gegangen ist, eile ich in unser Klassenzimmer hinauf und reiche Mr Matthews mein Aufgabenheft. Ich muss schnell nach Hause, um das Essen in den Ofen zu schieben. Wie immer sitzt er hinter einem wackligen Stapel zu korrigierender Arbeiten.

»Ah, Nessa«, sagt er, als ich den Raum betrete. »Zeit für dein Aufgabenheft, ja?«

Ich nicke und ziehe das Heft aus der Tasche.

Mr Matthews wirft einen Blick darauf und strahlt.

»Das ist ja wundervoll«, lobt er mich. »Das hast du sehr gut gemacht. Wirklich sehr gut.« Er sucht auf seinem Schreibtisch nach einem Stift, obwohl einer hinter seinem Ohr steckt. Schließlich findet er einen zweiten und unterschreibt mein Heft. »Mach so weiter«, sagt er, gibt es mir zurück und widmet sich wieder seinen Korrekturen.

»Danke, Sir.« Ich will das Klassenzimmer gerade verlassen, als die Tür zuknallt. Ich rüttle kräftig an der Klinke und ziehe daran, aber die Tür klemmt fest.

»Ist alles in Ordnung?« Mr Matthews legt seinen Stift weg und schaut zu mir herüber.

»Ich kann nicht raus. Die Tür klemmt.«

Mr Matthews seufzt. »Oh, nicht schon wieder! Wie oft muss das eigentlich noch passieren, bevor mir der Hausmeister endlich glaubt?«

Er steht von seinem Schreibtisch auf und kommt zu mir an die Tür. Aber so fest er auch daran zieht, sie bewegt sich keinen Zentimeter.

»Mach dir keine Sorgen«, sagt er ruhig. »Ich rufe unten im Sekretariat an.« Er klopft seine Jackentaschen ab. »Wo ist denn mein Handy? Habe ich es heute überhaupt mitgebracht? Oh nein. Es sieht nicht danach aus.« Er wühlt durch sämtliche Papiere auf seinem Schreibtisch. Schließlich blickt er mich entschuldigend an. »Es tut mir so leid, aber ich fürchte, ich habe es zu Hause vergessen. Du hast nicht zufällig ein Telefon dabei, oder?«

Ich angle mein Handy aus meiner Tasche, aber es zeigt keinen Empfang an. »Ich bin in einem Funkloch«, sage ich und spüre, wie langsam Panik in mir aufsteigt.

Mr Matthews seufzt und schüttelt den Kopf. »Oh weh.« Dann hellt sich seine Miene wieder auf. »Keine Angst. Es muss schließlich noch irgendjemand hier sein. Ich bin mir sicher, dass man uns hören wird, wenn wir um Hilfe rufen.«

Es dauert jedoch fast eine halbe Stunde, bis wir gerettet werden. Mr Matthews und ich wechseln uns mit den Hilferufen ab – wie in einem Katastrophenfilm –, bis uns endlich jemand von der Putzkolonne hört und es schafft, die Tür aufzudrücken.

Ich lasse Mr Matthews schnaubend und über den Hausmeister fluchend zurück und renne aus dem Schulgebäude. Tante Clara muss inzwischen bereits auf halbem Weg zum Bahnhof sein, um den Autor abzuholen.

Als ich durch das Schultor laufe, hat mein Handy endlich wieder Empfang. Ich versuche, Tante Clara anzurufen, um ihr mitzuteilen, dass ich aufgehalten wurde, aber sie geht nicht dran. Ich renne die Einfahrt hinunter. Ich muss unbedingt nach Hause, damit das Essen rechtzeitig fertig wird. Als ich die Hauptstraße erreiche, klingelt mein Telefon. Eine unbekannte Nummer wird angezeigt, was für gewöhnlich bedeutet, dass Dad mich anruft.

»Hallo?«

»Oh, Nessa. Gott sei Dank, dass ich dich erwische.«

»Holly! Was ist denn passiert?«

»Du musst sofort zum Laden deiner Tante kommen.«

Angst und Panik rumoren in meinem Magen.

»Was? Warum? Was machst du denn dort?«

»Bitte«, fleht Holly. »Es ist ein Notfall.«

Dann ist die Leitung tot. Ich schicke Holly schnell eine Nachricht:

Keine Angst bin in 5 Min im Paper Soul
bis gleich

Ich renne noch schneller.

Die kalte Winterluft riecht nach Lagerfeuer. Normalerweise liebe ich diesen Geruch, aber jetzt kann ich ihn überhaupt nicht genießen. Alles, woran ich denken kann, ist, dass irgendetwas richtig Schlimmes passiert sein muss, wenn Holly im Paper Soul ist. Vielleicht ist ja irgendetwas mit Tante Clara. Vielleicht ist sie deshalb nicht ans Telefon gegangen.

Ich renne so schnell, dass sich meine Beine wie Blei anfühlen und meine Lunge wie Feuer brennt. Als ich den Laden erreiche, sind nur die Lichter im Schaufenster an und lassen die Dekoration für die Buchvorstellung heute Abend erstrahlen. Mein Handy piepst mit einer Nachricht. Sie ist von Holly:

Was meinst du denn damit? Ist alles
okay? Hxx

Ich starre eine Minute lang vollkommen verwirrt auf die Nachricht. Dann schließe ich schnell die Tür auf und betrete den Laden. Ein starker Rauchgeruch schlägt mir entgegen. Aber er kommt nicht von einem Lagerfeuer draußen, sondern von hier drinnen.

»Holly?«, rufe ich und eile ins Café. »Tante Clara?« Der Rauchgeruch wird immer stärker. Er kommt aus der Küche.

»Tante Clara?«, schreie ich und renne zur Küchentür.

»Nessa! Du kommst gerade noch rechtzeitig!«

Ich erstarre, als ich Izzys Stimme erkenne. Sie kommt ebenfalls aus der Küche. Ich reiße die Tür auf und sehe durch einen Nebel aus Rauch, dass Izzy mit einem Nudelholz in der Hand an einer der Arbeitsplatten steht. Sie hebt es hoch und lässt es auf eine der Quiches niedersausen, die Tante Clara und ich heute Morgen gemacht haben. Ben und Vivien stehen links und rechts neben ihr. Ich gehe einen Schritt auf sie zu.

»Was tut ihr denn da? Wie seid ihr hier reingekommen?« Ich blicke mich in der Küche um. Sämtliche Quiches, die wir zum Backen vorbereitet haben, sind völlig zermatscht. Über dem ganzen Raum liegt eine weiße Schicht aus Mehl.

»Nessa!« Ich erschrecke, als ich Hollys Stimme aus dem Laden höre. »Nessa? Wo bist du?«

»In der Küche«, rufe ich.

»Oh mein Gott! Was ist denn hier los?«, kreischt Holly, als sie die Küche betritt.

»Na, der Laden hier ist doch heute Abend der Ort des Geschehens. Da *muss* man einfach dabei sein!«, spottet Izzy gehässig. »Ihr beide, jedenfalls. Ich fürchte, wir können nicht bleiben. Aber wir werden eine Menge Spaß daran haben, uns vorzustellen, was deine Tante dazu sagen wird, dass du ihr wunderbares Essen komplett ruiniert hast.«

»Ihr habt mich reingelegt«, stammle ich und versuche, das alles zu begreifen.

»Ja«, erwidert Vivien mit einem bösen Lachen. »Und ich bin mir sicher, dass deine Tante dich sofort dahin zurückschicken wird, wo du hergekommen bist, wenn sie das hier sieht.«

»Ich hab dir doch gesagt, dass wir dir das Leben zur Hölle machen werden«, zischt Izzy und macht einen Schritt auf mich zu. Ihre Hände sind mit Mehl bedeckt und in ihrem Haar kleben Teigkrümel. »Du kannst es nicht mit uns aufnehmen. Das stand von Anfang an fest.«

Ich starre sie an und schüttle den Kopf. »Du bist so bösartig.«

Izzy lacht. »Danke. Das betrachte ich als Kompliment. Aber ich war das nicht alleine.« Sie dreht sich zu Vivien um. »Vivien ist eine unglaubliche Mimin – eine richtig coole Gabe, findest du nicht auch?«

Vivien wirft lachend den Kopf in den Nacken und wendet sich dann mit falscher besorgter Miene mir zu. »*Oh, Nessa. Gott sei Dank, dass ich dich erwische*«, sagt sie mit Hollys Stimme. »*Du musst sofort zum Laden deiner Tante kommen. Bitte. Es ist ein Notfall.*«

Ich höre, wie Holly hinter mir vor Schreck nach Luft schnappt.

»Und da Ben durch Wände gehen kann«, fährt Izzy fort, »war es ein Kinderspiel für uns, hier reinzukommen. Und wo wir schon mal hier waren …« Sie dreht sich um und schaut auf den Ofen.

»… dachten wir, wir backen ein paar Brownies für dich«, beendet Vivien den Satz mit fiesem Kichern. »Denkst du, sie sind fertig?«

Holly rauscht an mir vorbei und reißt die Ofentür auf. Grellorange Flammen züngeln heraus und Holly macht einen Satz rückwärts.

»Alles okay?«, rufe ich ihr zu.

»Ja.« Holly streckt beide Hände in Richtung des Feuers. Die Flammen knistern und spucken und ziehen sich dann ein wenig zurück. »Ich kann es nicht löschen, aber ich kann verhindern, dass es sich ausbreitet. Glaube ich.«

Ich schaue mich nach irgendetwas um, das ich mit Wasser füllen kann. Der Rauch ist inzwischen so dicht, dass ich kaum noch etwas sehen kann.

»Ich glaube, es wird Zeit, dass wir verschwinden«, sagt Izzy. »Kommt, ihr beiden.«

»Was?«, schreit Holly. »Ihr könnt nicht gehen. Der ganze Laden wird womöglich niederbrennen. Ihr müsst uns helfen.«

Izzy verzieht ihre Lippen zu einem herablassenden Grinsen. »Das glaube ich nicht.«

Brodelnde Wut flutet meinen Körper, und diesmal ist es ganz allein meine. Ich kann nicht fassen, dass sie tatsächlich so weit gehen, nur damit ich Fairhollow wieder verlasse. Ich kann nicht fassen, dass sie bereit sind, Tante Claras Laden zu zerstören.

»Kommt jetzt«, fordert Izzy Vivien und Ben erneut auf. Sie will einen Schritt machen, aber ihre Beine bleiben reglos. Sie versucht es noch einmal, aber es ist, als würde sie im Matsch feststecken.

»Was passiert mit mir?«, schreit sie. »Ich kann mich nicht mehr bewegen.«

Ich bebe förmlich vor Aufregung: Meine Kräfte funktionieren. Sie halten Izzy hier fest. Ich starre sie weiter an und fokussiere jeden einzelnen Gedanken in meinem Kopf darauf, dass sie nicht von hier fortgehen kann.

»Ich kann nicht gehen!«, kreischt Izzy und sieht zu Tode erschrocken aus.

Aus dem Augenwinkel sehe ich, wie Vivien und Ben besorgte Blicke tauschen.

»Komm jetzt, Iz«, drängt Ben sie. «Hör auf mit dem Unsinn.«

»Ich mache keinen Unsinn!«, brüllt Izzy. »Ich kann meine Beine nicht bewegen!«

Ich bin vor lauter Konzentration schon völlig erschöpft, zwinge mich aber durchzuhalten. »Eigentlich finde ich eher, dass *wir* verschwinden sollten«, sage ich vollkommen ruhig. »Der Ofen könnte jede Minute in die Luft fliegen. Es ist wirklich nicht sicher für uns, noch länger hierzubleiben. Was meinst du, Holly?« Ich halte den Atem an und hoffe inständig, dass sie versteht, was ich vorhabe.

»Ja«, stimmt Holly mir zu. »Lass uns von hier verschwinden und die Feuerwehr rufen.« Sie schaut zu Izzy hinüber. »Mann, ich wette, ihr bedauert jetzt so richtig, dass ihr euch diesen miesen Trick erlaubt habt.«

»Aber ihr könnt uns doch nicht einfach hierlassen«, heult Izzy. Ihre Stimme klingt so schwach wie die eines verängstigten Kindes.

»Es sieht aber ganz so aus, als müssten wir das«, erwidere ich ruhig und fokussiere weiter auch das letzte Quäntchen meiner Energie darauf, sie an Ort und Stelle festzuhalten.

»Das wird nicht nötig sein«, höre ich plötzlich eine Stimme aus dem Türrahmen. »Ich glaube, die drei haben ihre Lektion gelernt, denkt ihr nicht auch?«

»Tante Clara!« Ich drehe mich um und starre sie an. Vom vielen Konzentrieren ist mir schon ganz schwindelig. Hinter mir beginnt Izzy zu wimmern.

Tante Clara steuert direkt auf den Ofen zu. Sie hat einen Feuerlöscher in der Hand, den sie sofort auf die Flammen richtet. Sie erstickt sie mit weißem Schaum. Holly weicht einen Schritt zurück, klatscht die Hände zusammen und sieht genauso erschöpft aus, wie ich mich fühle.

Izzy, Vivien und Ben stehen wie vom Donner gerührt dicht beisammen. Tante Clara dreht sich zu ihnen um. Ihre grünen Augen funkeln vor Zorn. »Ich will, dass ihr drei von hier verschwindet und nie wieder herkommt. Habt ihr das verstanden?«

Sie nicken eingeschüchtert, drehen sich dann um und fliehen eilig. Tante Clara rennt zum Fenster hinüber und reißt es auf. Als sich der Rauch langsam verzieht, sieht die Zerstörung in der Küche nur noch verheerender aus.

»Ähm, ich weiß, dass das alles wirklich übel aussieht, aber ich kann das erklären …«, stammle ich.

Holly schleicht sich vorsichtig zu mir. Ihr Gesicht ist knallrot und von schwarzen Rauchschlieren überzogen. Wir schauen einander hilflos an, und ich weiß, dass Holly genau dasselbe denkt wie ich. Was wird Tante Clara dazu sagen, dass Holly hier ist?

»Du musst mir gar nichts erklären«, erwidert Tante Clara. Sie kommt zu mir und legt einen Arm um meine Schultern.

»Ich weiß es«, fügt sie leise hinzu. »Ich weiß, dass du eine Silberhexe bist.« Sie streckt den anderen Arm aus und zu meiner großen Überraschung legt sie ihn Holly um die Schultern. »Und ich weiß, dass du auch eine bist, Holly.«

»Aber … woher?«, bringe ich völlig perplex hervor.

Tante Clara senkt den Blick Richtung Boden und seufzt. »Na ja, man soll zwar nicht von sich auf andere schließen, aber …«

23

»Du … du bist … eine Silberhexe?«, stottere ich und in meinem Kopf dreht sich alles.

Tante Clara nickt. »Und wir müssen uns darüber ernsthaft unterhalten. Ich hänge nur schnell ein Schild ins Schaufenster, um allen mitzuteilen, dass die Veranstaltung heute Abend ausfällt.«

Ich klatsche mir eine Hand auf den Mund. »Oh mein Gott! Deine Buchvorstellung! Wo ist denn der Autor?« Ich blicke zur Küchentür hinüber und erwarte beinahe, dass ein verwirrter Schriftsteller im Türrahmen steht.

»In seinem Bett, mit Grippe – Gott sei Dank!«, antwortet Tante Clara und lässt den Blick über die Verwüstung schweifen. »Er war schon auf halbem Weg hierher, musste dann aber wieder umkehren und zurück nach Hause fahren. Ich habe es erst erfahren, als ich schon am Bahnhof war. Wartet hier, ich bin gleich wieder da.«

Holly und ich schauen Tante Clara nach, die in den Laden davoneilt.

»Sie ist eine …«, flüstert Holly und reißt ihre braunen Augen weit auf.

»… Hexe«, beende ich den Satz mit einem Kopfschütteln. Ich kann es immer noch nicht glauben.

Wir stehen schweigend da, bis Tante Clara wieder zurückkommt.

»Kommt mit, Mädels, ich muss euch etwas zeigen«, sagt sie und führt uns in den Lagerraum ganz im hinteren Bereich des Ladens. Sie stellt sich vor eines der Bücherregale und nimmt einen mächtigen Wälzer heraus.

»Wow, das ich ja noch dicker als *Der Herr der Ringe*«, haucht Holly ehrfürchtig, als Tante Clara ihr das Buch gibt. »Ist das … ist das ein Buch mit Zaubersprüchen?«

»Nein, ist es nicht«, murmelt sie. »Es ist ein Buch mit veganen Rezepten.« Sie fummelt in der Lücke herum, die das Buch hinterlassen hat. Plötzlich schwingt das Regal von der Wand auf uns zu.

»Oh mein Gott! Das ist eine Geheimtür!« Holly sieht aus, als würde sie gleich vor Aufregung platzen. »Das ist der beste Tag meines Lebens.«

Tante Clara schaut Holly an und schüttelt den Kopf, aber zum Glück lächelt sie dabei. Ihre ganze Abneigung gegen Holly scheint mit einem Mal komplett verflogen zu sein. »Kommt jetzt«, sagt sie und führt uns hinter das Bücherregal und eine steile Steintreppe hinunter.

Sie endet in einem düsteren Keller. Tante Clara greift nach einer Schachtel mit Streichhölzern und zündet mehrere riesige Kerzen an, die überall im Raum verteilt stehen. Während sich meine Augen noch an das flackernde Licht gewöhnen, sehe ich, dass zwei der Wände von Bücherregalen gesäumt sind. Vor der hinteren Wand stehen ein antiker Sekretär und ein sehr abgenutztes Sofa mit einer Patchworkdecke als Überwurf.

»Wow, das ist phä-no-me-nal«, flüstert Holly. Die Kerzenflammen beginnen aufgeregt zu zittern.

»Das reicht jetzt, junge Dame«, ermahnt Tante Clara sie. »Ich glaube, du hast genügend Energie für einen Tag gebündelt, meinst du nicht auch?«

»Tut mir leid«, erwidert Holly schuldbewusst. »Ich bin noch nicht so gut darin, es zu kontrollieren.«

Tante Clara nickt. »Na, in der Küche hast du das aber schon sehr gut geschafft. Ich habe es allein dir zu verdanken, dass ich überhaupt noch eine Küche *habe.* Und mach dir keine Sorgen, ich werde dir dabei helfen, deine Gabe besser in den Griff zu bekommen.«

»Danke!«, quietscht Holly aufgeregt.

Wir setzen uns auf das Sofa und Tante Clara zieht eine verbeulte alte Truhe aus einer Ecke des Raumes hervor. Sie öffnet den Deckel und beginnt, darin herumzuwühlen. Schließlich holt sie ein Foto heraus und reicht es mir. Darauf sitzen Tante Clara und Mum unter einem Baum. Zuerst starre ich ganz fasziniert auf die langen Umhänge, die sie tragen, dann aber erkenne ich den Ort wieder.

»Die alte Eiche!«, platze ich verblüfft heraus.

Tante Clara setzt sich neben mich. »Dort haben wir uns immer versammelt«, sagt sie.

»Du und Mum?«, frage ich und bin mir nicht sicher, was sie mir zu sagen versucht.

»Ja. Und die anderen Silberhexen.«

Ich starre sie schockiert an. »Mum war auch eine Hexe?«

Tante Clara nickt, und ich spüre, wie mich eine Woge ihrer Traurigkeit überflutet. Sie ist so mächtig, dass sich ein dicker Kloß in meiner Kehle bildet.

»Cool!«, raunt Holly. »Deine Mum war eine Silberhexe.«

»Sie *war* es …« Tante Clara bricht den Satz ab. Von dem Kummer, den ich bei ihr spüre, tut mir das Herz richtig weh.

»Was ist denn?«, frage ich und zittere plötzlich ganz furchtbar.

»Sie … sie ist auf die andere Seite gewechselt«, antwortet Tante Clara und ihre Stimme ist kaum lauter als ein Flüstern.

Ich starre sie mit leerem Ausdruck an. »Was?«

»Zu den Bluthexen.«

Holly schnappt erschrocken nach Luft.

Meine Haut kribbelt vor Angst. »Was? Warum? Warum sollte sie das denn tun?«

Tante Clara blickt auf ihren Schoß hinunter. »Um dich zu retten.«

»Mich wovor zu retten? Ich verstehe das alles nicht.« Meine Augen füllen sich mit Tränen.

»Du warst als Baby sehr krank«, erklärt Tante Clara mir. »Die Ärzte haben Celeste gesagt, dass sie nichts mehr für dich tun können. Einer der Bluthexer in Fairhollow war ein sehr mächtiger Heiler. Celeste ist in ihrer Verzweiflung zu ihm gegangen und hat ihn um Hilfe gebeten. Er war einverstanden, aber nur zu einem sehr hohen Preis.«

Ich drehe mich ein Stück, sodass ich Tante Clara direkt in die Augen schauen kann. »Was hat er getan?«

Auch Tante Claras Augen glänzen inzwischen vor Tränen. »Er hat von ihr verlangt, ihren Treueschwur zu verraten und eine von ihnen zu werden.«

Ich schüttle den Kopf. Ich kann das nicht glauben. Ich *werde* das nicht glauben. »Auf keinen Fall. Nicht meine Mum.«

Tante Clara schnieft und wischt sich die Tränen aus den

Augen. »Ich fürchte, doch. Sie war eine sehr mächtige Empathin, Nessa – eine der mächtigsten Empathinnen, die es in Fairhollow je gegeben hat. Die Bluthexen wollten diese Kraft für sich allein, damit sie noch mehr Böses anrichten konnten.«

»Aber Mum … sie kann nicht böse gewesen sein. Sie –«

»Sie hat dich so sehr geliebt«, unterbricht mich Tante Clara. »Sie hätte dich niemals sterben lassen.«

Ich nicke zögerlich. »Und was ist dann passiert?«

»Der Heiler hat dich geheilt. Danach musste Celeste ihren Teil der Abmachung erfüllen.«

»Sie … sie hat ihnen geholfen?«

Tante Clara nickt. Ich versuche noch nicht einmal, den Kummer abzublocken, der von ihr auf mich zuströmt. Meine eigene Traurigkeit ist so mächtig, dass es sowieso keinen Unterschied machen würde. »Es hat deinem Vater das Herz gebrochen.«

Ich starre sie ungläubig an. »Dad wusste es?«

»Ja. Er konnte es nicht ertragen, mit anzusehen, was sie ihr angetan haben. Und er wollte nicht, dass du all dem Bösen ausgesetzt bist. Deshalb hat er sie gebeten fortzugehen.«

Ich starre Tante Clara immer noch an. »Dad wusste, dass Mum eine Hexe war?«

Tante Clara nickt. »Ja.«

»Aber … aber er ist total gegen alles Übernatürliche. Er sagt immer, dass das alles ein einziger großer fauler Zauber ist.«

Tante Clara seufzt. »Er wollte nicht, dass du irgendetwas davon erfährst. Er hat versucht, dich vor alldem zu beschützen.«

Ich schließe die Augen und versuche, das alles zu begreifen. Ich muss daran denken, wie widerwillig Dad über Mum spricht und dass er immer behauptet hat, es läge daran, dass sein Herz immer noch gebrochen sei. Ich muss daran denken, wie er sich immer über Halloween aufregt und dass ich nie auf Süßes-oder-Saures-Tour gehen durfte. Es lag gar nicht daran, dass er das alles für einen Haufen Mist hielt – ganz im Gegenteil. Es lag daran, dass er wusste, dass es wahr ist – dass Hexen tatsächlich existieren.

Und dann muss ich an Mum denken, an die wenigen wertvollen Erinnerungen, die ich von ihr habe: wie sie mich anlächelt, fröhlich und liebevoll. Wie konnte sie nur jemals so werden wie Izzy und Vivien? Das erscheint mir völlig unmöglich.

Tante Clara nimmt meine Hand. »Falls das ein Trost für dich ist: Deine Mum fand ihr neues Leben unerträglich. Sie ist gestorben, kurz nachdem dein Dad sie gebeten hatte fortzugehen – an gebrochenem Herzen.«

Wir sitzen einen Moment lang schweigend da. Ich fühle mich durch die Wellen der Liebe und Besorgnis ein wenig getröstet, die von Tante Clara und Holly zu mir herüberschwappen. Anstatt sie abzublocken, sauge ich sie förmlich in mir auf.

»Du bist auch eine Empathin, hab ich recht?«, fragt mich Tante Clara und durchbricht damit schließlich die Stille.

Ich nicke.

»Das habe ich mir schon gedacht. Von dem Moment an, als du hier angekommen bist. Meine Kräfte sind inzwischen zwar verblasst, aber ich konnte es trotzdem spüren.«

Ich schaue sie an. »Bist du auch eine Empathin?«

Tante Clara nickt. »Das muss wohl in der Familie liegen. Obwohl ich seit Jahren nicht mehr praktiziere. Nicht seit …

Celeste.« Ihr Gesicht verzerrt sich mit einem tiefen Stirnrunzeln. »Nach allem, was sie wegen dieser Hexen durchgemacht hat, wollte ich dich auch davor beschützen. Das ist der einzige Grund, warum dein Dad dich zu mir geschickt hat. Er weiß, dass ich der Hexerei den Rücken zugekehrt habe, nachdem Celeste gestorben ist.«

Tante Clara seufzt. »Aber ich schätze, ich habe mir nur selbst etwas vorgemacht. Ich dachte, wenn ich einfach den Kopf in den Sand stecke und so tue, als hätte ich nicht bemerkt, dass du auch die Gabe hast, dann würde sie einfach wieder verschwinden.«

Sie lehnt sich ein Stück nach vorne, um Holly anzusehen. »Darum habe ich mich dir gegenüber so schrecklich aufgeführt, Holly. Ich hoffe, du kannst mir verzeihen. Aber ich kannte deine Grandma. Ich erinnere mich noch gut daran, wie sie mir erzählt hat, dass du eine von uns bist, als du noch ganz klein warst. Als ich gehört habe, dass Nessa sich mit dir angefreundet hat, habe ich einfach Panik bekommen. Es tut mir furchtbar leid.«

»Werden Sie uns wirklich helfen?«, fragt Holly schüchtern. »Grandma ist gestorben, bevor mir bewusst wurde, dass ich eine Hexe bin. Und meine Mum weiß überhaupt nichts darüber. Ich habe so viele Fragen – und Nessa auch. Werden Sie uns mehr darüber erzählen, was es bedeutet, eine Hexe zu sein?«

»Ich glaube, das muss ich«, antwortet Tante Clara. »Aber zuerst hole ich uns was zur Stärkung. Der heutige Tag hat euch Mädchen eine Menge Kraft gekostet. Ihr müsst ja völlig erschöpft sein.«

Wir nicken beide und Tante Clara verschwindet hinauf in

die Küche. Kurz darauf kehrt sie mit einem Tablett mit einer Kanne Ingwertee und einem Teller Brownies wieder zurück.

»Zum Glück habe ich vorhin schon eine Ladung gebacken«, sagt sie mit schiefem Lächeln. »Die, die unsere Freunde für uns gebacken haben, sind vollkommen verkohlt.«

Ich nehme mir einen Brownie vom Teller und beiße hinein. Es ist seltsam, aber obwohl ich weiß, dass sie aus Roter Bete sind, schmecken sie auf einmal ganz köstlich – herrlich schokoladig und tröstlich. Ich schätze, meine Geschmacksnerven sind inzwischen vegan geworden.

»Also, was wollt ihr wissen, Mädels?«, fragt Tante Clara und setzt sich im Schneidersitz vor uns auf den Boden. Im flackernden Kerzenschein sieht ihr rotes Haar wie eine Flammenkrone aus.

»Alles!«, antwortet Holly, den Mund voller Brownies.

»In Ordnung«, erwidert Tante Clara und stellt ihre Teetasse auf dem Teppich ab. »Die Kräfte einer Hexe zeigen sich, wenn sie dreizehn wird.«

»Als wäre die Pubertät nicht schon schlimm genug«, grummelt Holly und wir müssen alle drei lachen.

»Bei ihrer speziellen Kraft kann es sich um eine von neun verschiedenen Gaben handeln«, fährt Tante Clara fort. »Es gibt Empathinnen wie dich und mich, Nessa, oder Energie-Bündlerinnen wie Holly.«

»Und Grandma war eine Wetterlenkerin«, wirft Holly ein.

Tante Clara nickt. »Ja, das war sie. Außerdem gibt es telekinetische Hexen.«

»Teleki-was-tische?«, frage ich stirnrunzelnd.

»Telekinetisch«, wiederholt Tante Clara. »Sie können mit ihrem Geist Dinge bewegen.«

»Oh, warum kann ich das nicht sein?«, beschwert sich Holly mit einem Seufzen. »Dann könnte ich den ganzen Tag im Bett liegen bleiben und dafür sorgen, dass meine Bücher vom Regal einfach zu mir runterschweben.«

»Es dreht sich nicht die ganze Welt nur um Bücher, falls du das noch nicht wusstest«, erwidere ich und knuffe sie spielerisch in die Seite.

»*Meine* Welt schon«, widerspricht mir Holly mit breitem Grinsen. Dann wendet sie sich wieder Tante Clara zu. »Und was für Kräfte gibt es sonst noch?«

»Phantome können sich selbst unsichtbar machen.«

»Was?« Holly dreht sich mit weit aufgerissenen Augen zu mir um. »Ganz ehrlich, warum sind die anderen Kräfte alle viel cooler als meine?«

»Können sie auch durch Wände gehen?«, frage ich, als mir wieder einfällt, was Izzy vorhin über Ben gesagt hat. Darüber, wie sie in den Laden gekommen sind.

Tante Clara nickt. »Ja. Das ist eine sehr tückische Gabe, wenn sie in die falschen Hände gerät.«

»Das musst du mir nicht sagen«, murmele ich. So muss Ben auch herausgefunden haben, dass ich die Schule wechseln sollte. Er muss sich in Mr Baileys Büro geschlichen haben.

»Heiler können natürlich Menschen, Tiere und Pflanzen heilen«, fährt Tante Clara fort, »während Alchemisten Heilmittel erschaffen.« Sie legt die Stirn in Falten. »Oder Gift. Dann gibt es noch Mimen. Sie können ihre Mitmenschen nachahmen.«

»Vivien«, sagen Holly und ich wie aus einem Mund.

Tante Clara sieht uns an. »Eins der Mädchen, die vorhin hier waren?«

Ich nicke. »Ja, die mit den dunklen Haaren.«

»Oh weh. Gut, bei ihr müsst ihr sehr vorsichtig sein. Mimen beginnen damit, fremde Stimmen nachzuahmen. Aber je weiter sich ihre Kräfte entwickeln, desto besser sind sie in der Lage, auch das Aussehen anderer Menschen zu kopieren.«

»Das ist doch wohl ein Scherz!« Holly blickt mich entsetzt an.

»Und zu guter Letzt«, fügt Tante Clara hinzu, »hätten wir noch die Zeitwandler.«

»Und was können die?«, will Holly wissen.

»Sie können die Zeit langsamer verstreichen lassen«, erklärt Tante Clara. »Manchmal können sie sie sogar anhalten. Und in einigen sehr seltenen Fällen sind sie in der Lage, die Zeit umzukehren.«

»Cool«, flüstert Holly.

Mich erfüllt jedoch eine böse Ahnung. Ist Izzy eine Zeitwandlerin? Es würde erklären, wie es ihr gelungen ist, im Laden so viel Schaden anzurichten, bevor ich zu Hause angekommen bin.

»Ist alles in Ordnung?«, fragt Tante Clara und schaut mich an.

»Ja … Ich … Kannst du meine Gefühle lesen?«

Sie nickt und lächelt verlegen. »Wie ich schon sagte, meine Kräfte verblassen allmählich. Die ältere Hexengeneration verliert ihre Kräfte, sobald die der neuen Generation erwachen. Aber ich spüre es immer noch, wenn jemand starke Gefühle hat. Also, was ist los?«

»Ich glaube, Izzy könnte eine Zeitwandlerin sein.«

Wir sitzen einen Moment lang schweigend da.

Tante Clara schüttelt den Kopf. »Dann haben die Bluthexen also eine Zeitwandlerin und eine Mimin in dieser Generation.« Sie seufzt. Ihre tiefe Besorgnis strömt in düsteren Wellen zu mir herüber.

»Werden Hexen denn als Blut- oder Silberhexe geboren?«, will Holly wissen.

Tante Clara schüttelt den Kopf. »Nein. Jede Hexe muss selbst wählen, welcher Seite sie sich anschließen will.«

»Aber warum gibt es denn überhaupt verschiedene Seiten?«, frage ich.

»Na ja, das war nicht immer so«, erklärt Tante Clara. »Vor vielen Hundert Jahren lebten die Hexen in Fairhollow noch in trauter Harmonie zusammen. Damals setzten sie ihre Kräfte nur zum Wohle der Gemeinschaft ein. Aber im 15. Jahrhundert wurden Zwillinge geboren, ein Hexer und eine Hexe: Gregor und Elizabeth. Elizabeth wollte ihre Kräfte als Empathin zu ihrem eigenen Vorteil nutzen, indem sie andere Menschen manipulierte und kontrollierte. Gregor wollte dabei nicht mitmachen. Am Ende haben sie sich getrennt.«

»In die Blut- und die Silberhexen?«, frage ich.

»Ja.«

Mir wird ganz schwer ums Herz, als mir bewusst wird, was das wirklich bedeutet. »Soll das etwa heißen, dass wir für den Rest unseres Lebens gegen Izzy und die anderen kämpfen müssen?«

»Ich glaube, da werde ich lieber Anwältin«, grummelt Holly.

»Nein. Nicht notwendigerweise«, antwortet Tante Clara. »Wenn es euch gelingt, eure Penta vor ihnen zu vollenden, verlieren sie ihre Kräfte.«

Holly runzelt die Stirn. »Was ist denn eine Penta?«

»Ein Zirkel aus fünf Hexen.« Tante Clara setzt sich kerzengerade auf. »Die Seite, die zuerst eine Penta bildet, gewinnt die Vorherrschaft, während die andere Seite ihre Kräfte in dieser Generation verliert.«

»Wenn wir also noch drei weitere Silberhexen finden, sind Izzy und die anderen ihre Kräfte los?«, frage ich. In mir keimt ein Hoffnungsschimmer auf.

Tante Clara nickt. »Ja.«

»Aber sie sind schon einer mehr als wir«, gibt Holly zu bedenken.

»Das spielt keine Rolle, solange sie noch nicht zu fünft sind.« Tante Clara lehnt sich zu uns und schaut uns mit sehr ernster Miene an. »Es ist absolut entscheidend, dass ihr eure Penta zuerst vollendet. Was die drei heute hier getan haben, ist nichts im Vergleich zu dem, was passieren wird, wenn sie die Vorherrschaft erringen.«

Ein eiskalter Schauer jagt mir über den Rücken. »Was meinst du denn damit?«

»Andererseits könnte es natürlich auch völlig unwichtig sein.« Tante Clara greift nach ihrer Teetasse und trinkt einen Schluck. »Möglicherweise gibt es in Fairhollow in dieser Generation auch gar keine anderen Hexen mehr. Und falls doch, wollen sie sich den Bluthexen vielleicht gar nicht anschließen.«

»Und was passiert dann?«, fragt Holly.

»Na ja, wenn sie keine Penta bilden, bevor sie sechzehn sind, werden sie niemals ihre volle Macht ausleben können. So ist es auch in meiner Generation passiert. Die Bluthexen hatten schon seit sehr langer Zeit nicht mehr die Vorherrschaft. Allerdings bedeutet das auch, dass diese neue Generation noch schärfer darauf bedacht sein wird, Macht zu erringen. Ihr beiden müsst auf der Hut sein. Und ihr müsst versuchen, weitere Silberhexen zu finden.«

Holly gähnt laut und ausgedehnt und steckt mich sofort damit an.

»Ich denke, das Beste, was ihr im Augenblick tun könnt, ist, euch mal so richtig auszuschlafen«, sagt Tante Clara und erhebt sich. »Es muss euch ja total ausgelaugt haben, eure Kraft so intensiv einzusetzen. Warum übernachtest du heute nicht einfach hier, Holly? Ich bin mir sicher, dass Nessa sich über deine Gesellschaft freuen würde.«

Ich nicke und lächle dankbar.

»Was? Wie bei einer Pyjamaparty?«, fragt Holly begeistert.

Tante Clara nickt lachend. »Genau, wie bei einer Pyjamaparty.«

Während Holly Svetlana eine Nachricht schickt, um ihr Bescheid zu sagen, folge ich Tante Clara nach oben in die Küche. Durch all das verschüttete Mehl und den Schaum aus dem Feuerlöscher sieht der Raum aus, als hätte darin ein bizarrer Schneesturm getobt.

»Sollen wir dir denn nicht noch beim Aufräumen helfen?«, frage ich.

Tante Clara schüttelt den Kopf. »Ich schaffe das schon.«

»Aber das wird ewig dauern.«

Sie sieht mich an und lächelt. »Ein Glück, dass ich nur vier Stunden Schlaf brauche.«

Ich erwidere ihr Lächeln. Ein unsichtbares Band aus Liebe und Wärme verbindet uns.

»Geh schon«, fügt sie immer noch lächelnd hinzu. »Ab ins Bett mit dir.«

24

Obwohl Tante Claras Enthüllungen alles ziemlich durcheinandergewirbelt haben und obwohl ich mich wahnsinnig darüber freue, dass Holly bei mir übernachten darf, bin ich so hundemüde, dass ich praktisch in derselben Sekunde einschlafe, in der mein Kopf mit dem Kissen in Kontakt kommt.

Als ich am nächsten Morgen wieder aufwache, brechen die Offenbarungen des gestrigen Abends wie ein mächtiger Tsunami über mich herein. Meine Mum war eine Hexe. Tante Clara ist eine Hexe! Und mein Dad weiß über alles Bescheid!

Obwohl ich sehr, sehr traurig darüber bin, was mit Mum passiert ist, fühle ich mich gleichzeitig wild entschlossen. Sie hat das alles durchgemacht, damit ich weiterleben kann. Ich bin es ihr schuldig zu verhindern, dass die Bluthexen die Vorherrschaft übernehmen. Ich bin es ihr schuldig, meine Kräfte für das Gute einzusetzen.

»Ness, bist du wach?«

Ich rolle mich auf die Seite und blicke durch die Dunkelheit auf Hollys Silhouette hinunter, die auf einer Luftmatratze liegt. »Ja. Hast du gut geschlafen?«

»Ganz ausgezeichnet. Vor allem, wenn man bedenkt, was gestern Abend alles passiert ist.«

»Ich auch.«

»Es ist so cool, dass deine Tante eine Hexe ist.«

»Ich weiß. Das hätte ich niemals gedacht!« Ich lehne mich zur Seite und knipse die Nachttischlampe an.

Holly setzt sich auf, und ihr lockiges Haar ist auf der Seite, auf der sie geschlafen hat, ganz platt gedrückt. »Ich bin so froh, dass wir jetzt jemanden haben, der uns helfen und uns alles über unsere Kräfte beibringen kann.«

Ich nicke zustimmend.

Holly seufzt. »Das Problem ist nur, dass ich jetzt noch eine Million Fragen mehr habe, die ich ihr stellen möchte.«

Ich lache. »Ich auch. Wollen wir nachschauen, ob sie wach ist?«

Holly ist schon aus dem Bett, bevor ich die Frage überhaupt zu Ende bringen kann.

Wir schlurfen in unseren Schlafanzügen in die Küche.

»Oh, wow!«, stößt Holly aus.

Wir lassen den Blick durch den Raum schweifen. Es ist, als hätte es das Feuer nie gegeben. Sämtliche Oberflächen glänzen vor Sauberkeit und aus dem Ofen dringt der köstliche Duft von frisch gebackenem Brot. Tante Clara sitzt am Küchentisch und nippt an einer Tasse Tee. Sie ist adrett gekleidet, mit Make-up und perfekt sitzender Frisur, so als sei sie schon seit Stunden wach.

»Haben Sie das alles allein gemacht?«, fragt Holly.

Tante Clara nickt.

»Es sieht fantastisch aus, stimmt's, Nessa?« Holly sieht mich an, aber ich kann nicht antworten. Ich kann gar nichts sagen.

Ich kann meine Augen nicht vom Küchentisch abwenden. Der Brief, in dem es um meinen Schulwechsel geht, liegt offen vor Tante Clara, so als wollte sie ihn gerade unterschreiben.

Mir wird vor Enttäuschung ganz übel. Nach allem, was gestern passiert ist, will Tante Clara wahrscheinlich, dass ich mich so weit wie möglich von Izzy und den anderen fernhalte. Und ich kann ihr das noch nicht mal übel nehmen. Aber wenn ich von Holly getrennt werde, dann muss sie sich ihnen ganz allein stellen.

»Keine Sorge, Nessa«, sagt Tante Clara sanft. Dann schaut sie Holly an und lächelt. »Holly, wenn du so freundlich wärst? Aber schön vorsichtig, ja?«

Holly starrt sie eine Sekunde lang mit fragendem Ausdruck an, bevor sich ein fettes Grinsen auf ihrem Gesicht ausbreitet.

»Cool!«, jauchzt sie, richtet den Blick auf den Brief und rümpft die Nase. Der Brief beginnt, an den Rändern rot zu glühen. Dann knautscht er sich zusammen. Holly starrt weiter konzentriert darauf, bis das komplette Schreiben zu einem Häuflein Asche zerfallen ist.

Tante Clara klatscht in die Hände. »Gut gemacht! Sehr beherrscht!«

»Danke.« Holly strahlt. »Ich habe plötzlich in meinem Kopf gehört, wie Sie mir sagten, dass ich ihn verbrennen soll. Das war so cool! Als hätten Sie mir eine mentale Nachricht geschickt.«

Sie dreht sich zu mir um und grinst. »Ehrlich, Nessa, deine Gabe ist die Beste. Stell dir doch nur mal vor: Wenn du das auch kannst, brauchst du noch nicht mal mehr ein Telefon.«

Ich lache und versuche immer noch zu verstehen, was gerade passiert ist.

Tante Clara kommt zu mir und nimmt meine Hand. »Ich werde euch beide auf keinen Fall wieder trennen«, sagt sie. »Vor allem nicht, seit ich gesehen habe, wie gefährlich diese neuen Bluthexen sind. Ich möchte euch beiden alles über Hexerei beibringen, damit ihr stark genug seid, gegen sie zu bestehen. Nur wenn du willst, natürlich …«

»Natürlich will ich das«, erwidere ich und drücke Tante Claras Hand. »Wir müssen die Penta vollenden und die Bluthexen ein für alle Mal aufhalten – zumindest für unsere Generation. Stimmt's, Holly?«

Holly nickt energisch und ihre Augen leuchten vor Aufregung.

Tante Clara lächelt uns an, macht dann ein paar Schritte vorwärts und legt die Hand auf den Tisch. Sie bedeutet uns, dasselbe zu tun. Unsere Fingerspitzen berühren sich.

»*Silber du und Silber ich*«, beginnt sie leise, »*wir sind Silber, ewiglich.*« Dann gibt sie uns mit einem Nicken zu verstehen, in den Schwur einzustimmen.

Meine Haut kribbelt richtig, als wir gemeinsam beginnen, die Worte aufzusagen. »*Silber du und Silber ich, wir sind Silber, ewiglich.*«

Das Kribbeln wird noch stärker. Ich spüre, wie es sich in meinem ganzen Körper ausbreitet, aus meinen Fingerspitzen in die der anderen strömt und dann durch sie hindurch wieder zu mir zurückkommt.

»*Silber du und Silber ich, wir sind Silber, ewiglich.*«

Ich blicke Holly und Tante Clara an. Während wir die Worte immer wieder wiederholen, werde ich von Freude und Hoffnung erfüllt. Es ist, als hätte ich etwas gefunden, von dem ich gar nicht wusste, dass ich es suche. Ich habe das Gefühl, endlich dort angekommen zu sein, wo ich hingehöre.

ISBN 978-3-8458-2055-2